いとうせいこうレトロスペクティブ

南島小説二題

いとうせいこう

Seiko Ito Retrospective

The Two Tropical Stories

南島小説二題　目次

波の上の甲虫　7
第一章　10月4日　火曜日　10
第二章　10月5日　水曜日　23
第三章　10月6日　木曜日　36
第四章　10月7日　金曜日　51
第五章　10月8日　土曜日　65
第六章　10月9日　日曜日　77
第七章　10月10日　月曜日　89
第八章　10月11日　火曜日　107
第九章　10月12日　水曜日　125
第十章　10月26日　水曜日　142

からっぽ男の休暇　完全改訂版　147

第1話　篤志家の銅像　150
第2話　一寸法師　155
第3話　鶏の恩返し　161
第4話　赤頭巾ちゃん　167
第5話　白雪姫　173
第6話　青い鳥　179
第7話　ピノキオ　184
第8話　親指姫　189

第9話　金色のガチョウ　194
第10話　黒雲と太陽　199
第11話　こぶとりじいさん　204
第12話　ブレーメンの音楽隊　210
第13話　アリババと四十七人の盗賊　216
第14話　おむすびころりん　221
第15話　浦島太郎　227
あとがき　思い出すこと　233
解説　南の島の素晴らしい休暇　中島京子　237

南島小説二題

装画
KYOTARO

装丁
川名 潤
(prigraphics)

波の上の甲虫

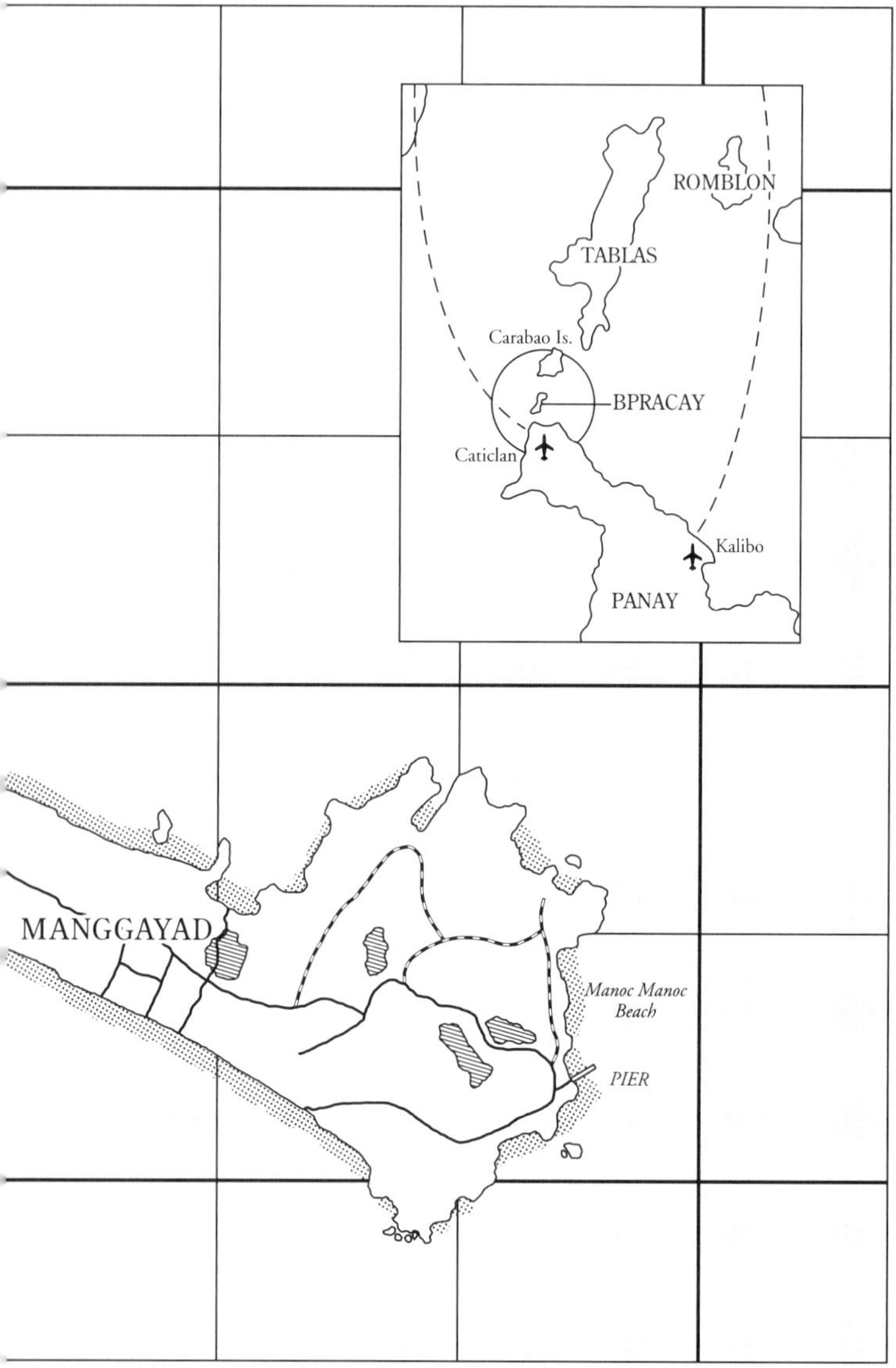
ROMBLON
TABLAS
Carabao Is.
BPRACAY
Caticlan
Kalibo
PANAY
MANGGAYAD
Manoc Manoc Beach
PIER

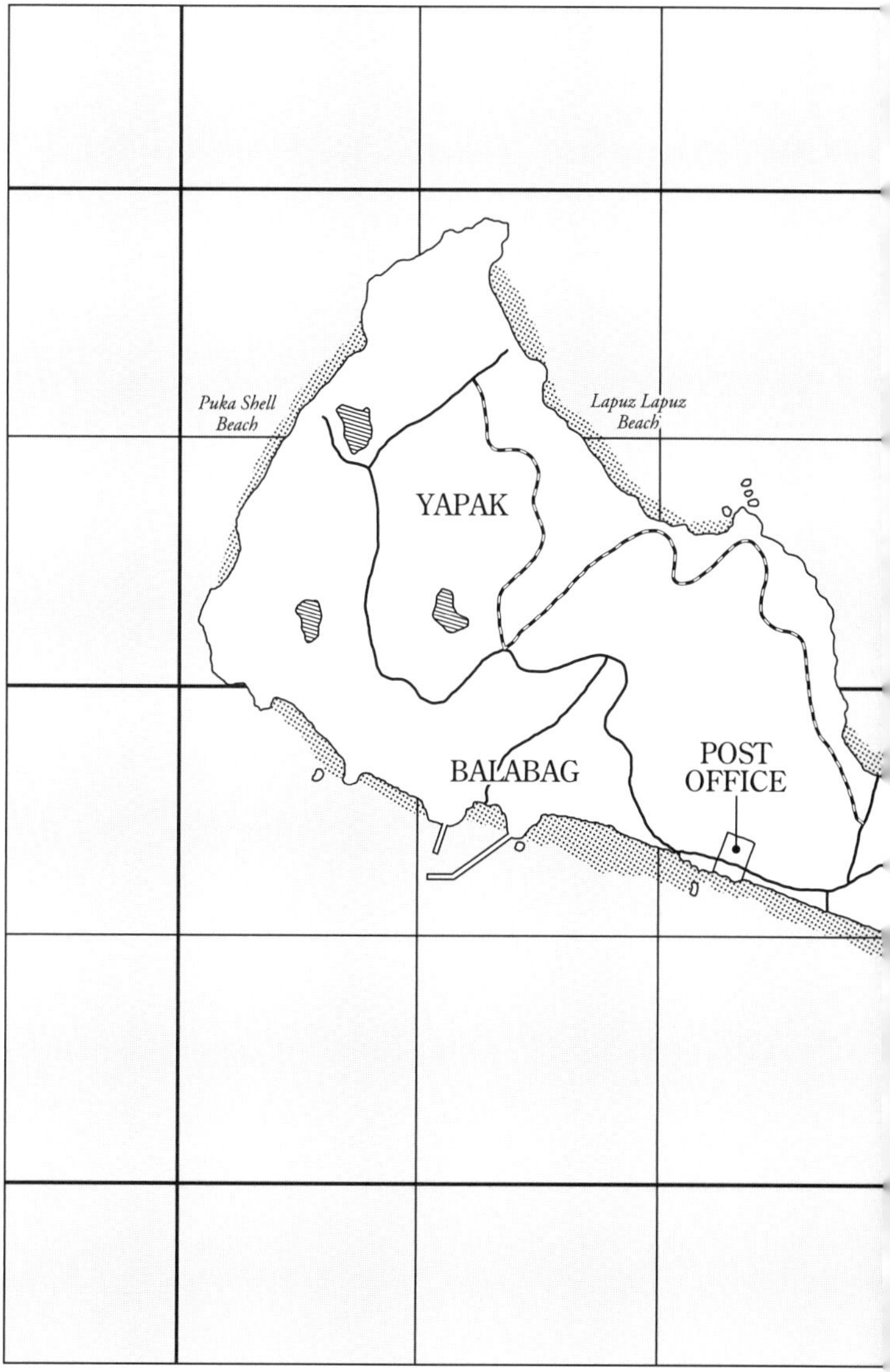

The Map of Boracay

第一章

10月4日
火曜日

『日本はどんな陽気ですか？　こちらは薄曇りで、時々強い日が差します。

今日の午後、ボラカイ島に到着しました。

ここまでの移動が面白かったので、少し書いてみようと思います。国際空港から車で移動し、混み入ったマニラ市街を抜けて、何のへんてつもないコンクリートの建物に入っていったところまでは普通でした。小さな空港だなと思ったくらいです。

コンクリートを打ち放した待合室には僕一人しかいませんでした。しばらく一人で待っていると、やがて職員らしき人が現れ、島の名前を言いながらそっけなく僕を指さしました。なんだか歯医者で順番が来たみたいでした。

苦笑してついていくと、彼は外へ出ていきます。右手の倉庫の中に、オンボロな複葉機がありました。後方の車輪を失った飛行機は頭だけを上に伸ばし、体中に新聞紙をまとっていました。

塗装中だったのです。

そのあたりで、まずいなと思い始めました。とんでもない飛行機に乗る可能性が出てきたからでした。旅行代理店も何も他人まかせでしたから、どんなことが待ち受けていても不思議はありませんでした。

そして、悪い予感は当りました。案内の職員が指で示したのは、雑草のあいだにある滑走路。その上でエンジンをふかしているのは、四人乗りの古めかしいプロペラ機。正直なところ、息が止まりました。フライトは一時間半と聞いていましたが、そのあいだを小さな飛行機で行くらしいのです。

しかし、そこは変に大胆な僕です。もう仕方がないなと思うと、一瞬のちには急に好奇心がわいてきて、プロペラ機に走り寄っていました。中には黒い帽子の似合う、恰幅《かっぷく》のいい機長がいました。挨拶《あいさつ》をして、開いていた扉から中に入ります。機長の斜め後ろの席を指示されたのでそこに座り、早速ポラロイドで機長の後ろ姿を写しました。機長はレイバンのサングラスの奥で笑い、写真を見せろという仕草をします。

けっこう人なつっこい男だなと思いながら、まだミルク色のフィルムを渡しました。色や形が出てくると、機長は大げさに驚いてみせ、フィルムを計器の上に載せてから、なにやら機体の様子を確認し始めます。

やがて、オンボロ飛行機RP－CI225は一番太い滑走路に入り込みました。飛行場（というより、町の工場によく似ているんだけど）の誰も彼もが、大きな音を立てる飛行機を見ているのが気になりました。本当に飛ぶんだろうかと心配しているように思えたのです。

機長が後ろの僕に向けて、親指を立てました。行くぜ、という合図でしょう。返事に困った僕は、とりあえず、〝グッド・ラック〟と声をかけました。飛行機はガタガタと揺れ、スピードを上げていきます。足のすぐ下に滑走路の触感があり、スリリングでした。

右脇の扉がガタついていました。つまり、僕の真横です。気になるのでじっと見つめていると、バーンという音とともにそれが向こう側に開きました。滑走路が丸見えでした。機体はすごいスピードで走っています。僕はあわてて機長に〝これを見よ！〟と叫び、何を思ったか自分の体を伸ばして、扉を閉めようとしました。

触るなと機長に怒鳴られ、僕は手をひっこめました。なぜか僕は、このまま飛ぶ気なんだなと考えていました。我ながらまことに豪胆《ごうたん》な男です。しかも、その時気づいたのですが、僕は安全ベルトを締めていませんでした。

ありがたいことに、機長は元いた場所に飛行機を移動させました。職員に扉を閉め直させると、彼は急いでまた例の滑走路に機体を戻しました。もう飛行場の誰もこちらを見てはいませんでした。

機長の顔はさっきより厳しくなっており、どこか追いつめられた野獣のようにも思えました。今考えれば、状況は最悪だったのかも知れません。けれど、のんきな僕はどこかに落ちてしまった手帳を探し始めており、彼の離陸までの苦労を見過ごしさえしていました。

気づいた時には浮いていました。ふわりふわりと機体は揺れ、いつしかずいぶん高い場所にまでたどり着いていています。ほほお……などと年寄りくさいため息をもらす僕の方を見て、機長はようやく笑いました。

それからの空の旅は最高でした。遠い地上には水田が広がり、建設途中なのかぷっつり途切れる道路が入り組んでいたりして、まるでナスカの地上絵のようにも見えました。あまり下を見すぎると、体重の関係か機体が少し右に傾きます。なにしろ、一度開いた扉が右側なだけに、僕は度々注意しなければなりませんでした。

機長が僕を呼んでいました。また写真を撮れというのかと思い、ブンブンうるさい機内でポラロイドを構えると、彼は右手を立ててゆっくり左右に振ります。手の平はそのまま上を向き、四本の指だけが向こう側に曲がりました。そして、機長は自分の右の席をさします。

ここに来い、と彼は言っているのでした。それは実に優雅な仕草で、まるで海底で泳ぐ魚のように見えました。僕はなんの疑問もなく、機内で立ち上がり、席の移動を始めていました。バランス第一のプロペラ機だというのに、とんでもない話です。

さらにとんでもないのは、機長が僕に操縦桿《そうじゅうかん》を握らせたことでした。副操縦士のレバーです。ははあ、操縦気分を味わわせてくれるわけかなどと考えていたら、いつの間にか飛行機が急降下していました。気分どころか、僕が実際に操縦しているのです。あわてる僕に、機長はレバーをゆっくり引けと教えました。続いて、各計器の意味の指導。左右と上下、方向とバランス。すべてはあの優雅な手の仕草で行なわれます。

緊張で体はカチンコチンになるし、手の平は汗びっしょりでしたが、こうして僕は自ら飛行機を操縦し、ボラカイ島の上空近くまでやって来たのでした。

操縦をかわった機長は、サービスだと言って何度も島の上を旋回してくれました。大ざっぱにとらえればひょうたん型ともいえる島はほとんど平坦《へいたん》で、周囲すべてが白い砂のビーチになっています。海は時に青く、時にエメラルド色で、上空からもその透明度の高さがわかりました。

飛行場はボラカイ島の近く、大きなパナイ島の端にあります。降り立つとあたりはもう完全に南の島。そびえたつ椰子《やし》と原色の花に覆《おお》われた土地です。フェンスの向こうに、バンガローの人が迎えに来ていました。バイクの横に小さな座席付きの三輪車を従えた、トライシクルと呼ばれる乗り物。それに荷物と僕を乗せて、ドライバーはアクセルをふかしました。

港まではほんの五分程度でした。港といっても、砂浜の波打ち際にバンカーボートが待っているだけです。ジーンズの裾《すそ》をまくって近づこうとすると、ボートから飛び降りた男が背中に乗れと言いました。仕方なく、いい年しておんぶなどされながら、僕はボートに乗り込みました。

その便の客は当然、僕一人でした。ボートは鏡のような海面を滑《すべ》っていきます。Tシャツになり、サングラスをかけた僕は、あわてて島暮らしの雰囲気に慣れようと焦りました。飛行体験のインパクトが強くて、東京から南の島に移動した感覚がつかめなかったのです。

ただ、上空からよく見ていたおかげで、すでに島への愛着がわいていました。全体を把握出来ているということが、なんだか箱庭を楽しむ心理にも似たものを感じさせていたのです。

バンガローは島の北にありました。もしも、8の字型にも見える島を横にし、無限記号のようにするなら、左側のふくらみの最も上あたりです。沈む夕日をまん前に見、何もさえぎるもののない場所。

海から砂浜へと歩いて上陸し、そのままバンガロー共同のフロントに入った僕は、ウェルカム・ドリンクを飲んでから部屋に向かいました。セミダブルのベッドに温水シャワー、そしてクーラー。そこは、南の島のバンガローとしては最高級のクラスでした。

これからの九日間を快適に過ごすため、まずは部屋作りをしなければなりません。木のブラインドがある窓からは光がほとんど差し込まず、黄色く光る電球だけを頼りに水着を出し、枕元に本を置き、洗面台にひげ剃《そ》りや綿棒を並べていきます。

ひっきりなしに煙草《たばこ》が吸いたくなるのは、緊張と暑さのせいでした。とりあえず半ズボンにはき替え、クーラーをつけたものの、やはり濃厚な空気にはすぐに順応出来ません。

仕方なく、テラスに出てテーブルの上の赤い花を見つめてみました。あたりの椰子に目を移し、風の匂いをかいでみます。明るさや空気、潮の香りや物の腐るような匂いが、するすると体に入ってきて、僕はビニール張りの長椅子の上に寝転がっていました。

なんにも急ぐことなんかない。そう思うと、おかしくて笑いそうでした。あわてて慣れる必要もないんだ。そう思った瞬間に、僕は島の時間の流れに近づき、あとはただぼんやりとしているだけでした。

どのくらい経ったか、ともかく夕日が強くなったあたりで、バンガローの裏手にある道路に出てみることにしました。いったんビーチに出て歩き、適当な場所から奥に入ります。

島で唯一の道路は、車一台走ればいっぱいになってしまうコンクリート製。サンダルをひっかけてぶらぶらすると、やがて柵《さく》に囲まれた建物に出くわしました。郵便局でした。

銀ぶち眼鏡の局長と話し込み、便箋《びんせん》と切手、そして封筒を買い込んだ僕は、つまりこうして日本に手紙を書いているわけです。

あたりはすっかり暗くなりました。そろそろ書き終えないと、局長が帰りたそうにしています。僕も腹が減りました。ひとまず今日はバンガローに戻り、そこのレストランを試してみようと思います。

ああ、ひどく長い手紙になりました。でも、また明日書きます。東京じゃ葉書ひとつ書けないのに、うっかり郵便局を見つけたのがきっかけで、島にいる間だけ手紙好きになりそうです。

それでは』

彼は島の北になどいなかった。むしろ、島の南、無限記号でいうなら右側のふくらみの真下に位置するバンガローを選んでいたのである。

彼は百人乗りくらいの国内便ＰＲ－３２５で、この島の隣に浮かぶ大きなパナイ島の空港、カリボに向ったのだった。マニラから一時間弱もすると、使い古しのボーイング７３７は椰子が繁《しげ》る中に降りていき、さほど広くない空港にランディングした。

空港から外に出ると、カティクランという港行きのミニバスが待っていた。十人乗り程度のワゴンだが、エアコンが付いていることは窓がすべて閉められているのでわかった。

現地の男たちが近づいてきて、港の名前を連呼し、道路の向こう側を指さした。ジプニーと呼ばれる乗合いバスが数台あった。どれも表面を色とりどりに塗りたくり、遊園地か何かの乗り物のように見せていた。すでに乗り込んでいる現地の女たち、あるいは制服を着た中学生くらいの少年たちが、ものうげにこちらを眺めていた。

少し迷ったが、ミニバスを選んだ。観光客らしきヨーロッパ人が次々とそちらに乗り込んでいくからだった。あまり迷いすぎると、すぐに満員になってしまいそうだったのだ。それに、ジプニーは途中で何度も停車するに違いなかった。その度、乗り降りする人たちを見ているのは楽しいだろうが、いつ港に到着するかわかったものではない。

後部座席にバッグを積んでもらい、すでに二の腕を赤く日焼けさせている白人女性の横に座った。冷房は凍りそうなくらいに効いており、思わず女性の腕に身を寄せた。さわさわと産毛の感触があり、はっとした。

そこで車は発進した。がたごとと町を抜け、田園の中を走っていく。彼はそういったのんびりとした地上での移動を好んでいた。南の島に体を慣らすには、ある程度長い時間が必要だからである。

空港から空港へ。そして、すぐに海。そんなやり方ではかえって体がとまどい、実際リラックスするまでに余計な時間がかかる。航空会社はきそってダイレクト旅を提唱するけれど、島はディズニーランドとは違う。コンビニエントな娯楽とは異なるからこそ、やみつきになるのだ。

出発から二時間あまり、途中、簡素なみやげ屋で一度休憩があった他は走りづめだった。揺れる車内は軽い熱をともなう疲れを誘ったが、彼にとってそれは望ましいものだった。だるい感覚。南の島特有のゆったりした時間を基礎づけるもの。それを都市生活者が得るには、体をほどよい疲れでだましてしまうのが一番だ。そうすれば、もうせかせかと歩き回ることもなく、ひっきりなしに時計を見ることもない。彼はそう考えていた。

カティクランに到着すると、島は目の前に見えた。バンガローなど決めていなかったから、彼は一番声の大きな男のボートに乗ることにした。威勢がいいのは、商売が繁盛しているからだし、たとえ人をだますのがうまいだけだとしても、その嘘《うそ》の能力は評価出来る。どうせふらりと島に寄っただけで、住むわけではないのだ。九日間、うまくだましてくれれば本望だ、と彼は考えていた。

幾《いく》つかのボートはほぼ同時に走り出した。彼が乗った緑色のボートは、一番多くの人間を積んでいた。ただし、まわりは若いやつらばかりだった。だまされてもかまわないと考える人間には、年齢制限がある。

二十分くらいしたろうか。島の南端の小さな埠頭《ふとう》に止まったボートは、そこで何人かを降ろし、再び走り出した。いったんは降りてみようかと席を立ったのだが、エンジンを操る半そでTシャツの少年に何か声をかけられて思いとどまった。なまりの強い英語だったから聞き取れなかったが、ボートと提携したバンガローがないのだろう。

少しして、長いビーチが見えてきた。六キロはあるだろうか。ボートはそのビーチに沿って走り、やがて椰子で編んだフェンスが高くそびえるあたりで速度をゆるめた。

いっせいに客が荷物を手に取り、しょい込んでみたり、数え直してみたりし始める。彼もそこでバッグをかつぎ上げ、ボートが波打ち際で止まるのを待った。

ズボンの裾をまくることもなく、みな波の中に降りた。彼もならってそうした。ぬるい海水がじわりとまとわりつくが、不快感などなかった。日は頭のてっぺんに照りつけ、白い砂浜を焼いていた。濡《ぬ》れたものはすぐに乾き、汗を吸ったTシャツは匂いひとつ残さないはずだった。それが南の島の清潔感だ。

フェンスの隙間《すきま》から中に入って、驚いた。そこには大勢の白人たちがおり、あちらこちらのレストランでビールをあおっていたのだ。見れば、長く続くうねった道に沿って、沢山の店がにぎわっていた。

気がつくと、ボートから降りた仲間たちは一人もいなかった。それぞれレストランに入ったり、どこか小道を折れて消えてしまっていたのである。一人残された自分はまるで田舎者のようだと思いながら、とりあえず左に向って歩いた。右の方から来た以上、なるべく知らない方向を選びたかった。結局、ボートの人間は誰もバンガローなど紹介しなかったのだった。

すぐの小道を右に曲がってみた。島の内側に入る格好だった。椰子の根が盛り上がっているような、雨ひとつで幅が変わってしまいそうな道。そこを彼は歩き、じき右側に雑貨店を見つけた。

荷物がうっとうしかった彼は、ざっと五人はいる店員に向って迷わず声をかけた。顔を上げた彼らは全員家族だろう。老婆から子供まで、みなそっくりの太い鼻柱をしていた。

「バンガローを探しているんですが」

そう言うと、太い鼻柱たちはけげんそうな顔をした。もう一度、今度はゆっくり発音しようと口を開くと、奥にいた中学生くらいの女の子が親たちに何か言う。彼らは同じような動きでうなずき、いっせいにまん前を指さした。終始無関心なのは、丸椅子に座った老婆だけだった。

その雑貨店が経営するバンガローは、蜘蛛《くも》の巣だらけだった。扉の前で待つ彼をよそに、荒い息でよけいに鼻柱を太くした店員たちはよってたかってベッドをはたき、レリーフで飾った木製の棚をふき、シャワールームを水で流した。二十分も経つと、準備は整った。少なくとも、彼らにとっては。

チップを中学生に渡した彼は、木の覆いを外した窓辺に寄り、赤く錆《さ》びた鉄格子越しに裏庭を眺めた。子供の背丈程度に育った椰子が中央にあり、その若々しい葉がくっきりと日を照り返していた。小刻みに葉が揺れるのを、しばらくは風のせいだと思っていたが、やがて小鳥の影に気づいた。なんのためかはわからないが、灰色の小鳥はしきりに椰子の根元で動き、時々黄緑と茶が混じった太い幹をつついた。

目の端で黒い物が動いた。ぼんやりした視界の中を横切るそれを、彼はあわてて追おうとした。窓の内側、安っぽい黄色の壁紙に目を移す。だが、もうそれがなんであるかがわからなかった。錯覚かと思い、ベッドの脇に行ってバッグを開いた。

すると、また目の端で何かが動く。けいれんするように振り向いた彼は、今度こそその黒い影の正体を知った。小さなヤモリだった。壁のひびのようにも見える細い影は、誰にも知られていないと思い込んでいるかのように、すすっと移動して天井に向う。

一匹のヤモリを見分けられるようになると、壁のあちこちにいて動かない仲間たちが浮き上がってきた。彼はにやりと微笑《ほほえ》んだ。ヤモリたちの小ささだけが原因ではなかった。まるでロールシャッハ・テストのように、地と図が反転したと思ったからだった。

その反転は世界がずれたことを示していた。動く黒い影しか認識出来ないでいた間は、いわば東京の暮しをひきずったままでいた。しかし、短い時間を経て、いまやヤモリがどことどこに身を潜《ひそ》めているかがわかる。情報の網の目がみるみる組み替わり、おそらく小鳥や虫、波の変化やスコール直前の風の匂いを感じ取ることが出来るはずだった。

「出だし……好調」

早くも日本語を忘れかけたとでもいうように、彼は単語だけを並べてつぶやいていた。半ズボンとTシャツに着替え、バンガローから外へ出た。バッグから取り出したのは、その二枚の衣服だけだった。後のことは、また明日にでもやればいい。彼はそう思っていた。ただし、パスポートと金だけは部屋に入ってすぐ、棚と壁の隙間に隠してあった。

椰子で編んだフェンスをくぐり抜け、太陽が傾く西の空を見る。そのまま、ぼんやりと日の沈むのに付き合い、どこかレストランでがつがつと飯を食ってもよかった。だが、彼はすたすたとフェンスの中に戻り、行き交う人にまぎれて歩き出した。島を知りたい、と思ったからだった。

いつの間にか、あのうねる小道に入っていた。自分のバンガローに帰る気はなかったのだが、民家の裏手からそこに出てしまったのだ。

雑貨店の前で軽く手を上げ、大家の家族に無言で挨拶をした。彼らは一様に顎《あご》をしゃくり上げる。その仕草は、日本人である彼にいつでも複雑な感じを与える。馬鹿にしているようにも見えるからだ。

くいっと顎を上げ、こちらに向ける動き。それはヨーロッパでも見かける種類のものだった。好意の印、あるいは肯定の仕草。その意味するところを思い出し、彼も家族全員に向けて顎を上げた。さっきまで無関心だった老婆は、しわすべてをゆるめて静かに笑った。

迷路に迷い込むようにして行く先も知らずに歩いていると、やがて島でただひとつの道路に出た。サイドカー付きのバイク、トライシクルが互いに道を譲りながら走り回っていた。

マイケル・ジャクソンの顔をサイドカーの前面に描いたトライシクルから、やはりサングラスをかけた若い男が声をかけてきた。値段も確認せず、座席に飛び乗った。いくらかかるか聞けば、むしろ値段は高くなる。島に来たばかりだとわかってしまうからだ。何も言わずに利用すれば、正規のレートにより近くなるのだ。

どこまで行くのかと聞かれ、しばらくまっすぐとだけ答えた。聞き直されたが、面倒くさそうに同じ答えを口にする。若い男はあきれたように顎と眉毛《まゆげ》を上げ、黙ってスピードを上げた。といっても、時速二十キロといったところだ。道はところどころひび割れ、その上を島の女たちが歩いていた。

雑貨店、みやげ物屋、幅二メートルもない八百屋に、妙に大きな薬局……。極彩色に染まった店を両側に見ながら、かぶっていた帽子のひさしを下げた。目をつぶって流れる空気を吸う。生温かい風は潮の香りを含み、島を覆う植物が吐き出した酸素にあふれている。

南の島、とだけ小さくつぶやいた。期待感が体の内部にあふれ出した。

しばらくして、若い男が何か言うので顔を上げた。ちょうど右前方に白い塀《へい》で囲まれた土地があり、中でバスケットに興じる子供たちが見えた。学校かも知れないと思い、ふと降りてみる気になった。

不機嫌そうに値段を聞き、言う通りに小銭を渡した彼は、その施設にかかった看板を仰ぎ見た。

郵便局だった。

第二章

10月5日
水曜日

『昨日、手紙を書いた後に猛然と腹が減り、トライシクルでバンガローまで帰りました。海辺にはバンガローが経営するレストランがあります。そこに飛び込むと、バンカーボートから僕の荷物を運んでくれた男が、白い半ズボンをはいたボーイになっていました。彼に向かって一本指を立てると、すぐに海に最も近い席へと案内してくれました。風と砂をよけるためか、レストランの海側にはビニールが一面に貼ってありました。少し興がさめましたが、風の強い日にはその防御策なしではいられないのでしょう。

入口の黒板に何かが書いてあるのが見えました。どうやら、お勧めのサラダが数種類用意されているようでした。こちらはペコペコの腹を抱えています。ボーイの差し出すメニューを奪い取るようにして僕は中身を読み、チキンと野菜を焼いてもらうことにしました。

注文が終ってからも、ボーイがそばにいるので、僕はあわてて飲物を頼みました。ひとまずはミネラルウォーターとコーヒー。これは全く個人的な趣味の問題ですが、僕は島に来るとまず大量の水を飲むのです。そうして汗をかき、いわば体内の東京を洗い流してしまいたくなるわけです。

ミネラルウォーターが来てからかなり経って、今度はコーヒーが運ばれてきた時、僕は自分の過ちに気づきました。料理が出てくるまでには、たぶんひどく長い時間がかかるのです。しかし、それが島の時間の流れである以上、従う他ありません。

結局、僕は空腹の極致にまで達しながら夕食にありつき、味などほとんどわからないままで焦げついたチキンと水っぽい野菜、そして硬くこわばった米を食べ終えたのでした。

さてその翌日、つまり今日のトピックスといえば、椰子の実取りでしょう。

午前十時頃まで眠ってしまった僕は、テラスに出て、あいにくの曇り空なのを知りました。今は雨季から乾季に向かうちょうど端境《はざかい》の時で、客が少ないからゆったり出来る分だけ、太陽の光も少ないのです。

テラスの長いテーブルの上には大きな貝殻があり、そこに赤く開いた亜熱帯の花が飾られています。通りかかったサンダル姿のボーイにマンゴーシェイクを持ってきてくれるよう頼み、僕はしばらくその花をながめて過ごすことにしました。僕のバンガローは海から数えて二番目の場所にあったのですが、あのビニールとそれから敷地内のあちこちに立つ椰子にさえぎられて、直接ビーチを見ることは出来ませんでした。

例の長い時間のあとで、こってりとココナッツミルクが入ったジュースが来ます。柔らかな甘さの新鮮なマンゴーは、僕の渇《かわ》きをいやし、ほてり始めた体を冷やしてくれました。思いがけず一気にジュースを飲んでしまったので、自分でも驚いてグラスを花の脇に置き、僕は茶色いビニールシートの長椅子に寝転がりました。

そこへ二人の男がやって来ました。体の小さい方のひげ面の男は、幾重にも巻いた白い綱を持っています。彼らは前のバンガローの軒あたりで止まり、空を見上げました。修理でもするんだろうと思った僕は、そのあいだにシャワーを浴びることにしました。見ていて楽しいものではなかろうと判断したのです。

温度調節のままならないシャワーは当然水量も少なく、体に塗りたくった石鹸《せっけん》をようやく落とす程度のもの。それでも気分がさっぱりした僕は、今日こそ早めにレストランに行こうと張り切り始めました。

濡れた頭で外に出た途端、前のバンガローに泊まっているフランス人カップルと目が合いました。軽く挨拶すると彼らはこちらを無視し、自分たちのバンガローの屋根を見上げました。椰子の葉で厚くふいた屋根の、ちょうどテラスの上あたりを一本の太い椰子が貫いて空へ伸びているのですが、その硬い木のてっぺんで、広がる葉が揺れていました。

方々にたわむ尖《とが》った葉の根元から、白い綱が降りています。地上には体の大きな男の方が残っていて、その綱の端を持ちながらやはり上を見ていました。途中で余った綱は屋根の上でとぐろを巻いています。つまり、あの小さなひげ面がいつの間にか、高い椰子の木の上に登り、幾つもの実にまぎれて何かしていたのでした。

知らないうちに、僕は大きく口を開けて、フランス人たちと同じように空を見上げていました。やがて、かん高い声が聞こえ、続いてザザッ、ザザッと葉がこすれるような乾いた音がしました。何かが降りてきます。葉の根元から現れたのは、四個ばかりの青い椰子の実でした。それがどうやってか綱の端にゆわえつけられ、屋根の上の綱が引っ張り上げられるかわりに降りてくるのでした。

そうたいしたことでもないのですが、椰子の実が見えた瞬間、僕もフランス人カップルも低いため息を吐き出していました。もちろん、島の風物詩みたいなものへの感嘆ではなく、単にいい暇つぶしが出来たことへの感謝だったのだと思います。

小さな出来事。それが人間によるものであれば、僕たちはいくらでも驚くことが出来たはずでした。なぜなら、島での出来事のほとんどは自然が起こすものであり、人間が何かを変化させる場面になどそうそう出会えないと知っているからです。

やがて、椰子の実は空中を揺れ始めました。そこからいきなり、ドスンと低い音を立てて屋根の真上に落ちます。僕は笑い出しそうになりました。今まで注意深く降ろしておいて、最後はいい加減なものなのです。しかし、あのフランス人たちは不服の声を上げていました。椰子の実の急降下が自分のバンガローを襲ったからです。赤いサマーワンピースを着た女など、手を胸の前で組んだまま、わざと遠ざかって屋根の具合を見たほどでした。

椰子取り男たちはバツが悪そうに声を張り上げ、いかにも作業に集中しているようなふりをしました。それでも椰子の実の束は、ずるずる屋根を這《は》い回り、十分すぎるほど暴れてから、またもドスンと砂の上に落ちたものです。

しかも、その動きに呼応するかのように、まだ取っていない実が一個、屋根を壊すような勢いで椰子の木のてっぺんから落ちたのでした。

レストランでフルーツ入りのパンケーキを待ちながら、僕は硬さをよく伝えたドスンという音を思い出していました。あれが頭に当ったらひとたまりもない。そう考えると、なんだか気が気ではない感じがしました。レストランには屋根があるから安心ですが、ひとたび外に出れば、そこは至るところ椰子林のようなものなのです。

もちろん、だからこそあの二人組は椰子の実を早めに取り、客の危険を減らしているのでした。そうでなければ、いつなん時、硬く重い実が頭上を襲うかわからないのです。車一台さえあるとは思えない島ですが、そのかわりに、僕たちは椰子の実の交通事故みたいなものに脅かされているのでした。

一年のうちで何人の犠牲者が出るのだろうか、と僕は考えました。島の人がいくら慣れているとはいっても、椰子の実が落下してくる兆候は、一瞬のガサガサした音くらいなものでした。気づいて上を見た時には、すでに椰子の実は目の前にあるはずです。

よけきれるものではあるまい。喉《のど》の奥でそうつぶやいた僕はコーヒー・ポットから三杯目をカップに注ぎ、続いてこんな想像をしてみました。ガサッという危険な音に気づいた瞬間に、横へ大きく飛びすさる島の人の姿です。彼が元いたその場所へ、当ての外れた椰子の実はドスンと落ちる。

あり得ない話でした。ガサガサいう音は椰子が風に吹かれる度に鳴るのだし、島の人がそんなにビクビクしている様子など見たことがないのです。

僕はじっと、あたりの椰子の木を見つめました。斧《おの》でえぐられた跡が、まるで柱に背丈を刻むようにつけられているのに気づきました。今まで、それは椰子自体の特徴だと思っていましたのでした。

椰子をスクリューみたいに見せるギザギザは、実のところ人間が登りやすいように作られていたのでした。

育つ度に刻まれ、どんなに高く伸びても椰子の実を取れるようにしておく。その気の長い管理によって、椰子の実の落下は防がれていたのです。

けれど、島のすべての椰子が管理されているとは想像出来ません。野生味たっぷりの島を覆う無数の椰子の木たちが、一本残らずまるでプランテーションのように見張られているとすれば、島のイメージは大きく変わってしまいます。それに、森の中に乱立する椰子のすべてを管理することなど、とても出来そうにないと思われました。

だとすれば、やはり取り残した椰子の実は今日も島のどこかでドスドスと落下しており、それをもろに頭頂部で受け取る不幸な人も後を絶たないのでした。

まるでニューヨークなみの危なさだ。僕はそんな風に思い、のんびりした島暮らしにおけるひとつの教訓を得た気分になりました。

パンケーキは素晴らしいおいしさでした。蜂蜜《はちみつ》をたっぷりたらした生地をナイフでそっと切ると、中からパイナップルやバナナやマンゴーの切れ端があふれ出てきて湯気を立てる。口の中に持っていけば、果物の酸味や甘さと生地のコクが混じって、それはなんとも贅沢《ぜいたく》な味です。

とりあえず、今日は頭上の椰子の実に気をつけながら、例の郵便局まで歩いてみようと思います。なるべく道路の内側を行けば安心でしょう。トライシクルはビュンビュンと行ったり来たりしていますが、相手はこちらを気にして走ります。椰子の実の方は容赦ないですからね。何があろうと、まっすぐに落ちる。

もう午後の二時です。ぶらぶら歩いて島の空気に溶け込み、ビーチでゆっくりと夕日でも見てから眠りましょう。あまりいい天気ではないけれど、雲が多い分夕焼けも面白い色になると思います。

黒ずんだ雲の向こうの、ほんのりと薄赤い夕日もいいものです。

それでは、明日また』

彼が寝過ごしたのは、前の晩、にぎわうレストラン街で遅くまでビールを飲んでいたからだった。マンガヤドと呼ばれる一帯には多くのレストランがひしめいており、深夜まで営業を続けていたのである。

そこで知り合ったベルギー人の男が、ビーチの北の、つまりバラバグと呼ばれるエリアに散らばるバンガロー群の悪口を言ったのを、彼は注意深く聞いていた。そのあたりのバンガローが経営するレストランは殿様商売で、注文した料理が出てくるまでに鶏が鳴くと言うのだった。

それに比べて、彼がうろつくゾーンは競争が激しく、サービスもよければ食事の値段も安かった。赤ら顔のベルギー人によれば、バラバグの静かなレストランで前菜を頼むと、マンガヤドの夜のディナー・セットと同じ値段をとられるらしかった。

ディナー・セットはどこも均一の値段でスープとメイン、そしてデザート込み。メニューも豊富で、店の前の銀色のテーブルに並べた魚を指定して焼いてもらったり、肉を選んだりすることが出来た。中には曜日によってバイキング・スタイルをとる店もあり、彼は迷わずそこで夕食をとった。

驚くべきことに、それぞれの店はフレンチ、イタリアン、チャイニーズ、ベトナミーズ、日本料理、タイニーズと名乗っていた。椰子の葉で編んだフェンスのこちらに、誰がそんな食事のバリエーションを想像出来るだろうか。彼はそう思い、ケチャップのようなものでからめたステーキを頰張《ほおば》ったのだった。

そこから数軒、店をはしごしてみた。バンガローを安い場所に決めていたので、遊びに金をかけてみようと思ったのだ。

気がついてみると、もう夜中の一時だった。それでも掘立小屋のような各レストランからは、色とりどりのアセチレン・ランプの光が漏《も》れ出ていた。だが、少しでも道を海側に寄れば、そこには闇がある。

彼は不思議な感覚にとらわれていた。白人たちのにぎわいと各国料理のことを考えれば、そこは六本木《ろっぽんぎ》のようだった。しかし、いったん闇に踏み入って椰子の根につまずいたり、フェンスの外に出て波の音を聞いたりすれば、そこはまぎれもなくさびれた南の島なのだ。

酔って一人にやにやと笑いながら、彼はバンガローに帰り、開けた扉に反応して走るヤモリを目で追った。バンガローの名はゲッコーズ・サンセットといった。ヤモリの夕日、という意味である。洒落《しゃれ》た名前から考えて、あの雑貨店の者が付けたはずはなかった。幾つか見たレストランのオーナーたち、つまりここに住みついてしまった白人の誰かが、おそらくは名付け親だろうと思われた。

ヒッピー全盛の頃、あるいはその時代を追体験しようとした者たちによって、この島はいつの間にか各国人の集まる六本木のような町を持ち、様々な文化の混在を出現させたに違いない。

薄いブランケットを腹にかけたまま、彼はそう断定し、いつしか眠り込んでいた。

夜半、彼は目を覚ました。耳元に何匹もの蚊が近づき、プーンと鳥肌の立つような羽音を響かせたからだった。開け放たれた鉄格子の向こうから、その威勢のいい蚊たちは入り込み、彼の肌から血を吸おうと集まってきていた。酔った息は風のない部屋の中にこもり、小さな虫をいきり立たせていた。

眠い目をこすりながら、彼は暗い部屋を歩いた。ようやくバッグを探り当てると、中から蚊取り線香を取り出す。灰を受ける皿などなかった。木の床の上で急いで火をつけ、アルミの台に差すと、裏庭側の窓の下に置いた。

それだけで複数の蚊に対抗できるとは思えなかった。すぐに線香を割り、三つにして同時にたくことにした。増やした二つを部屋の棚の上に置いてあった貝殻に載せ、反対側の窓の下とベッドの脇に置く。

ブランケットで体を隠し、もう一度寝ることにした。だが、しばらくすると蚊は猛然と彼を襲った。いらついて飛び起きた彼は、窓を閉め切ろうとした。裏庭側の窓にかった竹の棒を外し、木の板を降ろす。それだけで部屋はむしむしと暑くなった。

我慢してもう一方の窓も閉めたおかげで、彼は寝苦しい夜を過ごすことになった。昼になっても起き出せなかったのは、窓が日の光をさえぎったままだったのと、暑さで何度もうっすら目を覚ましたからだった。

軽く昼飯を食べた後、通りがかったドライバーに声をかけ、今度はセット料金なので十分に値切ってから、島を一回りさせることにした。それでも、ルーランと名乗るドライバーは、行き過ぎる他のトライシクルに大声で何か言い、その度手真似《てまね》で島を回ることを伝えていた。どうやら、よほどいい稼ぎになるらしかった。

ともかく、走り出したトライシクルはより南に向かい、閑散とした森の間の上り坂を通って、まずはあの小さな埠頭に着いた。マノク・マノクと呼ばれる埠頭は、二人がやっと行き違えるくらいの幅しかなかった。昨日、ボートの少年が彼をとどめたのは、近くにバンガローがなかったからだとわかった。

海の向こう、右手にカティクランが見え、左手にはワニが伏せた形をした島が見えた。

「クロコダイル・アイランド」

ルーランはうれしそうにそう言った。何か楽しいことでもあるのかと思い、どんな島なのか聞いてみたが、周囲でシュノーケリングをしたり、釣りをしたりするだけらしかった。

「クロコダイル・アイランド」

再びルーランは真面目な顔でそう言い、彼の目をのぞき込んで笑顔を見せた。少しして、合点がいった。おそらくルーランは、英語でコミュニケーション出来ることがうれしいのだった。知っている幾つかの英単語のうち、ひとつを披露した自分が誇らしいのだ。

それは他のアジアの国々でも体験することだった。なんでもない時に妙にはしゃいだ顔を見せられ、特殊な意味でもあるのかと勘ぐるが何もない。そんな場合、彼らはたいてい、英語や日本語を話す自分に喜びを見出《みいだ》しているだけだ。

案の定、ルーランはカティクランとクロコダイル・アイランドの間をさし、今度は、

「ローレル・アイランド」

と、やはりうれしそうに言った。すべての英単語の語尾が高く上がるのは、東南アジア特有の現象だった。疑問文の発音が変化して、あらゆる単語に適用されるかのようだ。

うなずいて座席に戻ると、トライシクルは走り出した。寂しい密林を抜け、向こう側のビーチに出た後、ひょうたん型の島の中央部に向かう。つまり、無限記号の右のふくらみを一周し、まん中の交差点にさしかかったのだ。そこは両端のビーチが歩いて十分ほどの距離しか離れていず、まさに線が交差し、裏返るような感覚を与える場所だった。

裏返った彼らは、そこから左側のふくらみの中央、ひょうたんを貫通する一本道を行く。やがて、北のバンガロー群を左に見ることになった。少し止まってもらうことにし、静かなバンガローやレストランをのぞき込んでみた。

ルーランは警笛を鳴らした。そのまま放っておけば、金を受け取れないまま逃げられてしまうと考えたのだろう。仕方なく、彼はトライシクルに戻った。マンガヤドに比べれば、あたりはすっかり落ち着いており、行き交う人もまばらだった。

彼らはじきに、左側のふくらみの端に着いた。今度はルーランから降りて歩いてみるように身ぶりで言われた。そこはプカシェル・ビーチといい、小さな美しい貝で有名な場所だった。長めの砂浜は貝で覆われ、みすぼらしい海の家が並べて建てられていた。

ルーランはそのうちのひとつに入り、勝手に休み始めた。彼はコーラを頼んで、ルーランの横に座り、促されて波打ち際へと歩いた。

幾つものバンカーボートが止まったビーチに、暇そうな白人たちがぽつぽつと座っている。彼はその間を抜け、透明な海の水を通して底をながめやった。小さな魚の影がちらついていた。

膝《ひざ》まで海に入り、腰に手を当てて空を見た。雲の隙間から太陽が現れていた。乾季ならば、耐えられないほど暑いだろう。

しばらく彼はそのビーチでのんびりし、そのうち出かける気になったルーランとともに、トライシクルに乗り込んだ。

がたがたとコンクリート舗装していない道に出る。左側のふくらみの中央、小高い丘の中に彼らは入り込んだ。ほんのたまに家が見える程度で、あたりには何もなかった。時々、道の端で牛が草を食べていた。柵などなく、自由気ままなものだった。

弱いスコールが来て、彼の体を湿らせた。ルーランは気にもせず、ただ走り続ける。

やがて、左手の山に向かって虹がかかった。うっすらとした虹は、まるで貝殻の内側のように七色ににじんで光っていた。それは目の前にあるようにも、ひどく遠くにあるようにも見えた。彼は目が離せず、ひたすらじっとその虹を眺め続けた。

大きな声でルーランが何か叫び、トライシクルを急停車させた。道の前方を指さし、彼の顔をまじまじと見ていた。

ルーランの指の先に、黒い塊があった。大きなトカゲだった。体は六十センチほどで、同じくらいの長さの尻尾《しっぽ》を持っていた。彼がトカゲに気づいたと見てとると、ルーランはゆっくりとトライシクルを近づけていった。トカゲは何事もないといった風で、道を横切る姿勢のまま、じっとしていた。だが、ある距離まで近づくと、突然ズルズルと動き出し、体を左右に振りながら草むらに消えた。

ルーランは何度も得意そうに彼の顔を見、まるでトカゲを自分が呼んだと言わんばかりにウィンクしてみせた。彼は黙ってうなずき、虹もトカゲもお前のおかげだというように微笑んだ。

それから十分以上の間、トライシクルは山道を行き、左のふくらみの上、ラプラプ・ビーチをよぎった後、またあの一本道に帰っていった。郵便局で降ろしてくれるように頼み、近くのレストランでビールを飲みながら手紙を書き始めた。

一匹の犬が残り物欲しさに彼の周りをうろついていた。つまみとして頼んだエビのフリッターを砂の上に落としてやる。白い犬は素早く動き、小さなエビを口で拾い上げた。弱い夕日が、目の前にあった。

それから一時間以上をかけて作業を終え、ビーチに出ると、彼は星が現れ始めた空を一人で見上げた。あたりには、数組のカップルが肩を寄せて座り込んでいた。

だから、明日の手紙は星のことから書き出され、恋か何かで終わるのかも知れなかった。

第三章

10月6日
木曜日

『そちらの夜空には星が出ていますか。

昨日、ぼんやりとした夕日をながめてから、星を観賞することにしました。残念ながら、月は雲に隠れて見えませんでしたが、そんな空模様でもこちらでは星が楽しめます。

信じられないことでしょうけれど、黒い空の一角では雷さえ光っていました。音は聞こえませんが、広がる雲の向こう側で時おり白い光が点滅するのです。

雷が光る度に、空が小さく感じられるのが不思議でした。暗ければ闇は無限に見えます。けれど、雲のありかを知らせる光の点滅は、一瞬闇をドーム型に区切ってしまい、まるでその中に自分が閉じ込められているような気にさせるのです。

弱い光は手を伸ばせば届くようにも思えました。遠近感を狂わされる、とでも言えばいいのでしょうか。闇の中で、他に距離を測る対象物がないためかも知れません。

ともかく、僕はレストランの前のビーチで、ビニール張りの長椅子に寝転がり、雷が照らし出す夜空とあちこちに散らばる星を同時にながめていたのでした。

もちろん、晴れた日に比べれば、星など少ないものです。それでも、散らばる星の数は東京の数倍あるでしょう。おそらく、その夜は星座を見るにはうってつけでした。そのくらいに限定された数でなければ、星は無秩序そのものに見えるからです。テーブルにばらまいた砂のように点々と光る星では、美しさなど感じはしません。

だから、星を美しいと思い、星座に神話を結びつけたのは、曇り空の多い地帯の人々なのだとさえ思いました。雲が星の光にフィルターをかけ、強いものだけを見せる土地。そこで星座は秩序として確立したのです。あるいは、あまりに無秩序な星の光を恐れ、そこに形を見出したがった人間たちが星座を作り出したのでしょう。

僕たちは日本で晴れた夜空を見、時おり星座を発見して喜ぶことがありますが、あれは言ってみれば、それしか見えない空にしてしまった証拠でしかありません。うっすらとした秩序しか見えない空は、人間を安心させます。ひょっとすると、僕たちは空の無秩序を嫌って大気を汚し、ネオンで地上を明るくしてきたのかも知れません。

そんな甘ったるいことを考えながら、僕は長椅子の上でうとうとしていました。けれど、何度となくはっとして起きることがあります。風が椰子を揺らす音が、時に雨を思わせるからでした。いつ降り出してもおかしくないのは、遠い雷光でもわかっています。また、波の音の低い重なりは吹き荒れる風にも聞こえるものです。

それは、南の島特有の錯覚でした。どんなに晴れていても雨の音が聞こえ、どれほど風がないでいても空気の流れを感じるのです。おかげで、最後にはどうでもよくなってくる。洗濯物を急いで取り込もうとテラスに出る気もなくなり、雨が降り出す前にバンガローに帰ろうとも思わなくなる。

島の人がよく、スコールの中でも平気でTシャツなどを干したままにしておくのは、そのせいかも知れません。いちいち短いスコールに対応していられないこともありますが、少なくとも怠《たい》惰《だ》だからではない。仕方がないだけです。

さて、夜中まで星を見、雷の位置を確認し続けた僕は、バンガローに帰って眠りました。今度は屋根の下ですから、安心して休むことが出来ました。

翌朝、つまり今日は雨でした。しとしとと降る雨は白い砂を黄色く染め、椰子の葉を打ちます。僕はとりあえずトレーナーをはおってレストランまで行き、熱いコーヒーを頼みました。ぼんやりと海の方をながめていると、赤ら顔の太った白人が近づいてきました。バンガローとレストランを共に所有するドイツ人です。

「残念な天気だね」

と彼が言うので、

「そうでもないですよ。こういうのも島の楽しみですから。落ち着いていて、なんだか日曜の朝みたいな気楽さがある」

と、最後の部分を歌うようにして答えました。

「休日？　君はそもそも休日だからこそ、ここに来たんだろうに」

彼はそう言って、小さく笑ってみせました。年代を大きく異にする彼には、“easy like sunday morning”がコモドアーズの名曲から引用された言葉であることは伝わりませんでした。そのまま、僕はその『イージー』を最初から鼻歌で歌い始め、彼から海へと目を移してコーヒーを飲みました。

パンとチーズオムレツを食べ、朝食を簡単に済ますと、僕は部屋に戻りました。扉が開いており、テラスにバケツが置いてあります。誰かが掃除をしてくれているのでした。中に入ると、二人の女の子がいました。おそろいの黄色いワンピースを着ています。

「おはよう」

と挨拶をかわした途端、ベッドメーキングをしていた少しぽっちゃりした女の子が言い出しました。

「昨日は風。今日は雨。台風がこっちに来ないといいんだけど」

彼女は心配そうに肩をすくめました。

「台風？　台風が来てるの？」

そう聞くと、バスルームの方を向いていた女の子が振り向きました。何か言いたそうにしますが、言葉が見つからず恥ずかしそうにうつむいてしまいます。かわりにさっきの女の子が答えました。

「大きいやつじゃないけど、南からマニラに向かってるって。テレビで言ってた」

「南からマニラってことは、今夜あたり島に来るのかな？」

聞いてみると二人は黙り込み、首を振ります。彼女たちにもわからないのでした。

少し太った快活な子はドナ、照れ屋の方はジョセリンといいました。いったんテラスに出た僕は、彼女たちが出入りする度に二、三言葉をかわし、五日後の夜にレストランで民族舞踊ショーが行なわれるのを知りました。

バリ島を思い出し、僕はどこかの村から名うての踊り手が来るところを想像しました。ところが、聞いてみると、踊るのはこのバンガロー群で働く人々でした。

「じゃあ、例えば君とか？」

ドナにそう言うと、彼女はテラスを掃除する手を休め、灰皿を持って部屋から出てきたジョセリンの方を指さしました。

「ジョセリン、君が踊るの？」

僕の質問に、ジョセリンは恥ずかしそうにうつむき、それからうなずいてみせました。両足をそろえて立ちすくむ様子は、まるで子供のようでした。そのかわいらしさに思わず微笑むと、彼女は急に頭を上げ、自分の言葉を確かめるようにゆっくりと言いました。

「あたし、踊ります」

ジョセリンの目はつぶらで大きく、鼻筋がよく通っているのがわかりました。

「じゃあ、必ず見に行くよ」

そう言った僕に向かって、ジョセリンは照れたように笑い、走るように去っていってしまいました。

からかう調子で、ドナが言いました。

「タイフーン」

何を言っているのかわからないでいると、ドナはジョセリンの背中を指さし、そこから僕へと風が吹きつける仕草をしました。もう一度、彼女は言いました。

「タイフーン」

これは困った冗談です。僕は眉を上げ、首を振って彼女の言葉を曖昧《あいまい》に打ち消しました。あとの掃除はすべてドナがやり、二度とジョセリンは部屋に現れませんでした。

時たま、雨はやみます。昼飯のツナサンドを食べ終えた僕は、レストランからビーチに出てみました。

少し肌寒くもある陽気の中、アメリカ人の青年が海で大きなボールを投げていました。受け取るのはフィリピンの女性です。蛍光《けいこう》グリーンのワンピースの水着を着て、彼女は楽しそうに笑い、ボールを投げ返します。

プライベート・ビーチの端、丈の低い柵の脇には何人かの島の女性がいました。目が合うと、声をそろえて、

「マサーシ?」

と言います。彼女たちはオイル・マッサージを勧めているのでした。首を振って断わり、反対側に目を移します。

並ぶ長椅子にほとんど人はおらず、最も端のあたりに白人男女二人と中国系の女性二人がかたまっていました。笑い声がたえず、大騒ぎといった風です。ワインの瓶《びん》とグラスを砂に差し、どうやらトランプを始めようとしているのでした。中国系の若い女性は一人だけ品のいいワンピースを着ており、おそらく島に来てもあまり水着にならないタイプです。確かに、彼女だけが静かでした。

ところが、勝負が始まった途端、彼女は大きな声を出し、勢いよく札を長椅子に叩きつけ始めました。当然、彼女は猛然と勝ちを重ねます。いつの間にか、他の三人はおとなしくなり、大胆な水着に似合わないほどしょげ返ってしまいました。

そこまで周りの様子を見ると、僕は雨のはざまの柔らかい風に吹かれながら文庫を読み始め、

過ごしやすい島の空気の中、東京での疲れをいやそうと体を伸ばしました。

背後でかん高い怒鳴り声が聞こえました。あわてて振り向くと、そこには上半身裸のやせこけた男がいました。周囲には白いシャツを着たバンガローの従業員がおり、なにやら男をなだめている様子です。

やせた男の背中は曲がっていました。中央がこぶのように盛り上がり、おかげで背をかがめるようにしないと歩けないようでした。大きな声で従業員たちにくってかかる男は、酔っているようにも見えました。あまり見ていると、こちらにとばっちりがきそうだったので、僕は目を伏せながら、なおも様子をうかがいました。

現地の言葉でかわされる会話は、もちろんまるでわかりませんでした。けれど、男は盛んにビーチを指さし、何度も同じ言葉をわめいていました。ひょっとすると、そこをプライベート・ビーチ扱いにし、勝手な商売が出来ないようにしたバンガロー側を摘発しているのかも知れませんでした。

従業員たちが彼をなだめ、曲がった背中を軽く押すようにして隣の敷地に追い出してしまうまで、五分ほどかかったでしょうか。僕はなんだか息をつめるようにして、彼らの交渉を見守ったものでした。

やがて、また雨が降ってきました。最初はすぐやむかと思われた雨は次第に強さを増し、あのトランプ集団もバンガローに避難しようとし始めています。僕も荷物を片づけ、部屋で手紙を書くことにしました。

竹を組んだあいだにビニールを張った塀。その端に出入口があります。何本もの竹をぎっしり組み合わせた頑丈な作りです。出入口の枠をくぐると、正面にはさらに椰子を編んだ塀があり、人はいったん右に抜けてから敷地に入ることになります。僕はその、二重の塀にはさまれてたまった砂を気に入っていました。

足元が多少高くなっていて余計な風に吹かれないからか、一歩中に入ると、盛り上がった砂が、まるで誰も踏んでいない雪のように滑らかなのです。もしかすると、バンガローに雇われた者がしょっちゅうほうきではいているのではないかと思われるほど。本当にそこはいつでも美しく、しかも足の裏に気持ちよさを伝える場所でした。何度通っても、僕は飽きもせずにそこでにやりと笑い、砂についた足跡をじろじろと見てしまうくらいです。

その時も、僕は足跡を見ていました。突然誰かが近くにいる気配がし、ふと顔を上げました。ジョセリンがいました。フルーツ入りの籠《かご》を持ったジョセリンは、僕が何か落し物をしたと思ったのでしょうか。こちらの足元をじっと見つめます。それから、どうしたの?と聞くかわりに眉を上げて微笑みました。

「雪みたいだと思ったから」

言ってしまってから後悔しました。彼女は雪を知るはずがありません。けれど、他にどんな答えもなかったのでした。

「雪」

ジョセリンは僕を助けるように短く言い、

「あたし、知ってる」

と答えました。うろたえた僕は、

「じゃあ、日本に来たことがあるの?」

と聞いていました。雪は日本だけのものではないのですから、会話の意味はまるで成り立っていませんでした。

「いいえ。本で見た。雪」

ジョセリンは一生懸命に単語を思い出し、恥ずかしそうにもじもじして答えました。彼女が黙り込まないようにと、僕は急いでしゃべりました。

「あのね、こういう感じなんだ。いや、もっと冷たいけど」

「冷たい。雪は冷たい」

「そう、ええと、氷みたいに」

「あたし、氷も知ってる」

「本で見たの？」

すると、ジョセリンはバターが溶け出すみたいに笑い、

「氷は毎日、キッチンで見るもの」

と言いました。そして、あたふたする僕の前でうつむき、再び静かに微笑んでこう言いながら、外へ出ていきました。

「タイフーン」

それがどういう意味なのか、僕にはわかりませんでした。台風が来ることを伝えるにしては、それは唐突すぎました。僕はドナの仕草を思い出し、彼女たちだけのあいだで他の意味があるのかも知れないと思ってもみました。

部屋に帰ってからも、僕は不安に似た気持ちを味わっていました。彼女の最後の言葉が気にかかり、確かめてみるまでは落ち着けないように思ったのでした。

たくさんの解釈が出来るような謎をかけること。しかも、解釈のひとつに、好意を示している

可能性を秘めること。それは謎を受け取った人間を、物思いのとりこにします。ジョセリンは無心なコミュニケーションの仕方を通して、僕に謎をかけ、落ち着かない気分で一日を過ごさせることになったのです。

おかしなことになってしまいました。今日はひどく長く書いています。

明日も書かずにはいられないかも知れません。どうか、あきれずにつき合って読んで下さい』

彼はジョセリンという女など知らなかったし、似たような者さえ周りにはいなかった。ただ、フィリピン人でマリアと名乗る女なら、隣のバンガローにいた。彼女の職業は娼婦《しょうふ》だった。フランス人に買われ、この島まで来ていたのである。

端正な顔立ちをしており、よく伸びた脚を持つ彼女は、同じように島に連れて来られた娼婦の中では、おそらく最高に美しかった。だが、裏庭の向こう側にあるバンガローのテラスで、彼女は昼間から安いラムをあおり、フランス人に喧嘩《けんか》をふっかけては、部屋の中に引っ張り込まれ、なだめられていた。

それは娼婦としてはあり得ないことだったから、彼はフランス人にそれとなく事情を聞いた。どんな聞き方をしても、彼女はマニラの娼婦で、先週会って気に入り、今週ここにいるだけだという。

ただ群を抜く美しさは、どれほど酔い、どれほど悪態をついても変わらず、たぶんフランス人はそのせいで我慢を選び、彼女を送り返さないのだろう、と彼は考えることにした。

前夜、教訓を生かして彼は雑貨店で虫よけスプレーを買い、それを体中に吹きかけた上、部屋中に蚊取り線香の煙をもうもうと立てて眠った。窓は開け放たれたままだったので、フランス人のうなり声が響いてきた。蚊ほど迷惑ではないにしろ、相手がマリアなのは少し気にかかった。

そして、今日の昼。家主から借りたほうきで、線香の燃えかすをテラスにはき出している時、彼はマリアに声をかけられたのだった。

すでに、その日投函《とうかん》する長い手紙は書き終えていた。

「せっかくのバケーションなのに、雨が降ってるんじゃやたまらないわね。あたしは仕事だけど」

マリアはシックな山吹《やまぶき》色のサマードレスを着ていた。階段に右足をかけているので、細い太股《ふともも》がよく見える格好になっている。

「君の方が困るんじゃないのか。雨じゃ仕事の量が増えるだろう。そもそも、ゆうべのアランの声を聞く限り、君の仕事はなかなかハードだよ。手を抜いてない」

アランという名を聞くと、マリアはあわてて足を元に戻し、

「そろそろ、彼のところに帰らなきゃ。なにしろ、あそこには屋根があるから」

と言って、吸いかけの煙草をわざと階段でもみ消して捨てた。彼の方を見てにやりと笑う。彼は怒るかわりに冗談を言った。

「寄っていけばいいのに。お茶ぐらい出すよ。ただし、お湯はないけど」

「葉っぱだけなら、もっといいのがあるわよ」

そう言って、彼女は去った。

買われたアジアの娼婦が他の男に声をかけるところなど、見たことがなかった。それは売春を不道徳と思わない人間にとって、最も不道徳な行為なのだ。

だからこそ、彼はマリアに好意を持った。売春を受け入れない彼にとって、それは道徳的とは言えないまでも人間的なことだった。

「そこの日本人、起きてる？」

部屋に戻ったはずのマリアは、階段の脇から声をかけてきていた。

「もし出かけるつもりがあるなら、イングリッシュ・ベーカリーがいいみたいよ。この島じゃ有名な店らしいから。あたしはおいしいと思わなかったけど」

そこまで言って、彼女は本当に裏庭を抜け、まだ寝ているはずのアランのもとへと去った。

マリアは英語圏に住んだ経験があるはずだ、と彼は思った。彼女の発音からも、しゃべる内容からもそれはわかった。単に娼婦として、英語圏の者を相手にしているだけでは、彼女ほどの皮肉な態度は獲得出来ないはずだった。

だったらなぜ、彼女はフィリピンに帰り、娼婦をしているのだろう。いや、そもそもなぜ国を出たのか。彼は彼女の人生に対する想像を始め、すぐそこに下心が混じっていることに気づいて、首を振った。

他人が買った娼婦に興味を持つのは、人妻を誘惑するよりもプライドの低い行ないだ。

少しだけ、晴れ間が見えたのは午後三時頃になってからだった。彼はバンガローを出て雑貨店に寄り、店にいた中年女性にイングリッシュ・ベーカリーのありかを聞いた。なんでも三軒ほどあるという。つまり、狭い島の中でチェーン店を開いているのだった。

彼女は観光客用の地図をくれた。太陽の光で黄ばんでしまっていたが、十分に用は足りる。彼は地図と、それから郵便局長に渡す手紙を持って、トライシクルに乗った。

ドライバーに地図を見せようとした時、島の形が驚くほどクレタ島に似ているのに気づいた。

そのクレタの双子、ボラカイの中から彼が選んだのは、あの無限記号のまん中、島の幅が最も狭くなっている場所だった。そこから郵便局は遠くなかったのだ。両側のビーチをつなぐ一本の道の途中、池が現れるあたりに店はあった。

焼きたてとはいかないが、奥のガラスケースの中にクッキーやケーキがあった。彼はココナッツの載ったものを指さし、アールグレイを頼んでテーブルについた。

途端に、雨が降り出し、みるみるうちに激しくなった。雷が遠くで低く鳴る。道をはさんだ向こう側は学校らしく、子供たちが校庭を静かに横切って走っているのが見えた。誰もが軒下を求め、動かなくなる。

ぱさぱさしたケーキを頬張り、紅茶で喉に流し込みながら、彼はじっと外を見ていた。池の向こうにある民家の屋根は、黒ずんで光っていた。手前にある椰子を見れば、その根のあたりに生えた草花が息を吹き返すように色づいていた。植物には恵みの雨だ。

やがて、シュロの葉を傘にして歩く女が現れた。幼いシュロの、まだ裂けていない大きな葉を切り、雨をよけているのだった。緑色の葉は雨滴のせいか、なお一層新鮮な色に輝いていた。女は出来たばかりの水たまりをまたぎながら、学校の脇を過ぎる。

日本のどこでだったか、それほど年のいっていない女性が、里芋の葉で雨をしのぎながら歩いていたのを、思い出した。奈良か、京都か。タクシーから見つめたその姿に、ひどくエロティックな感じを受けたものだった。

シュロを頭に載せた女は、細い足首を雨に濡らし、少しうつむき加減で去っていく。彼女以外に道を行くものはおらず、あたりにはザーザーとしたたる雨の音しかしない。

マリア、と名前だけが頭に浮かんだ。その後で、彼女の香水の匂いが思い出された。次に、階段の上から感じられた彼女の体温。

顔形より先にそれらを思い出したのは、おそらく雨に性欲をかき立てられたからだろう。彼はそう思い、意識して彼女の太股を思い浮かべた。他人が買った娼婦だが、今彼女が目の前にいるわけではない。前夜のアランの声が脳裏をよぎる。腰の中央に熱いものが生まれ、やがて形を取った。

マリアがそこに自分を呼び出したように思い、雨の中で待ち合わせているような錯覚を感じた。彼はもはやどこを見てもいなかった。

雨がやんでも、バンガローの方へ戻る気はしなかった。マリアからなるべく離れていたかった。今、現実に彼女を見てしまえば、おそらく欲望に気づかれてしまう。そう思った。

ベーカリーを出て、コンクリートの道まで行くと、彼はそこを右に折れて郵便局の方へ向かった。


手紙を出し終えた後、彼は冷たい笑いを浮かべていた。

彼は作家だった。

そして、南の島へ来て、便箋の上にフィクションを書き始めていたのだった。休暇を取って島に来たのなら、フロントでサインひとつ書くのにも嫌な顔をし、のんびりと本でも読んでいればよさそうなものだった。

宛先はある編集部だった。

彼は南の島の紀行文を書くように頼まれていた。その旅の旅費もすべて編集部の負担だった。だが、紀行文など書く気がなかった。なんにせよ、普通に書けば、紀行文は旅の自慢話にしかならなかった。行き先が南の島なら、特にそうだった。

彼に書きたいものがあるとすれば、それは小説以外にはなかった。しばらく小説を書いていないからこそ、彼は休暇を求め、その島にたどり着いたのだ。

それなら、嘘八百のなんということもない紀行文を書いてやればいい、と彼は思ったのだった。編集者に毎日手紙を送り、そこにありもしないことを書きつけて、そのまま出版する。

編集者が求めているのは南の島の九日間みたいなものだし、彼としてもフィクションを書く以上はそれが小説と言えないこともないのだ。両者の欲望はかろうじて交差し、すべては丸くおさまる。

こうして、彼はその日も、二重の生活の中にいたのである。

第四章

10月7日
金曜日

『夕べ、本当にタイフーンが来ました。

と言っても、ひどい暴風雨ではありませんでした。風が強くなり、ひっきりなしの雨を降らせた程度。スコールの大きなやつといった感じでしょうか。波も荒れはしません。

恐《こわ》いもの見たさで、夜中、海に近づいてみました。斜めに降る雨は海のもやを貫き、ビニールの塀を照らす光を反射して、銀色に見えました。白いもやは足元にただよい、風に吹かれて現れたり消えたりします。

その向こうはどんよりとした闇。雷の光で時々空が明るくなりますが、海の上までは達しません。

吸い込まれてしまいそうなので、僕は海に入ることはしませんでした。いい年をして馬鹿げていますが、とにかく肉感的な恐怖を感じてしまったのです。

海辺に沿って左手の、大きな岩の上にオレンジの灯火《ともしび》が揺れているのがわかりました。強い風にもかかわらず、消えそうで消えない。

そこには、美しく色づけされたマリア像がまつってありました。岩の下から階段で上がれば、そのほこらを見ることが出来るのです。マリアは乳飲み子を抱え、海を背にして島を見つめています。ところどころ色がはがれたマリアは、うらさびれた日本の漁村かどこかの弁財天《べんざいてん》にも思えましたし、あるいは南洋独特に変形したキリスト教の姿をよく伝えるようにも感じられました。

そのマリアを照らし出す灯火が、海の白いもやの中で揺れる様子は、魅力的でもあり、恐ろしくもあります。

僕は誰一人いない夜のビーチで、雨に濡れながら、しばらくマリアをまつった岩の方をながめ続けたものでした。

彼女のおかげか、今日は朝からよく晴れています。暑いので、昼までにマンゴーシェイクを三杯も飲んでしまったほどです。

朝食はいつものフルーツパンケーキ。昼はサモサとマンゴー・カリフォルニアと名付けられたサラダ。マンゴーのオンパレードです。

ビーチの長椅子は空きがない状態。ようやく気持ちよく晴れたので、どこにこれほどの客がいたのかと思うほどの盛況でした。

仕方なく、そこで日光浴するのをあきらめ、レストランの裏手にあるプールに行ってみました。日をさえぎる位置にある小さなプールは涼しく、あのフランス人カップルがゆったりと泳いでいました。木の葉の浮かぶ青い水に、椰子の影が映っていました。

小さく音楽が聞こえたので、そちらに行ってみました。閉鎖されたラウンジがあり、中で何人かの人間が踊っていました。腰に赤い布を巻き、男女混合で動いています。ジョセリンを見つけて、ようやくそれが何であるかを知りました。民族舞踊ショーの練習が行なわれていたのです。彼女は僕に気づかず、真面目な顔をして右手を宙にかざしていました。正直なところ、あまりうまい踊りとは言えませんでした。

けれど、だからこそ逆に、ジョセリンがかわいらしく思えました。誰かがギターを弾いていました。そちらもうまいものではないのですが、感情たっぷりの演奏です。

この国には、歌と音楽があふれ返っています。夜になれば、あちこちのレストランから生演奏が聞こえ、歌う声が響いてくる。不思議なもので、そのどれもがいかにも素人っぽいものです。天性のリズム感やら音感があるようには思えないだけに、ここはブラジルやアフリカとは違ったタイプの、音楽の国なのでしょう。

ジョセリンたちの必死の練習を見るうち、僕は少し悲しい気持ちになっていました。彼女たちの真面目さが、次第に苦痛に感じられてきたのでした。オーナーに言われて、彼女たちは従業員としての仕事以外の、そんなショーの踊り手までつとめなければならないのです。しかも、彼女たちの顔を見れば不服な様子はなく、だからといって反対に楽しいわけでもないようでした。

僕は来た道をとって返し、プールに飛び込みました。フランス人カップルは突然泳ぎ出した僕に驚いていました。

部屋で着替え、上半身裸のまま、あの一本道に向かいました。目的はありませんでした。いったんビーチに出てぶらぶら歩き、郵便局のあたりに見当をつけてレストランをつっきろうとします。風があるからしのげますが、それでもすでに頭のてっぺんが熱くなっていました。

途中、物売りの女性に声をかけられました。籐《とう》や椰子で編んだみやげを買わないか、と言うのでした。僕はレストランからビーチに戻りました。見せてくれと言うと、彼女は砂の上に座り、頭に載せていた籠類を下ろし、両手いっぱいに下げていたバッグをその場に置きます。

籐で出来たアタッシェ・ケースやら、色違いの椰子の繊維を同心円状に編み込んだバッグやら、卵型になったピルケース。どれもかわいらしいものでした。

色々見せてもらい、最後に気になった小さなバッグを開けてもらいました。中がどんな模様かを知りたかったからでした。おかしなことに、中にはゴキブリが入っていました。僕が笑い出すと、彼女はようやく気づいてそいつをつまみ出しました。

「ゴキブリ抜きだと、少し安くなるかな?」

そう冗談を言ったのですが、彼女は難くせをつけられたと勘違いしたらしく、あわてて自分のスカートで中をよくふいてみせました。僕は思わずまた笑い、その丸い昆虫採集セットのようなバッグを買うことにしました。

いつの間にか横に立っていた少年がボートで海に出ないかと言ってきました。とりあえず値段を聞いておくだけにしようと思ったのですが、彼が答えた額は他に声をかけてきた連中に比べれば安いものでした。四時間でたったの四百ペソ。

シュノーケリングか、釣りか。それとも、ローレル・アイランドか。

彼はそう言いました。ローレル・アイランドというのがどんな島なのか、僕は少年に聞き、つたない単語だけで様子を勝手に想像してから、全部と答えてみました。少年が意味をつかみかねて黙っているので、僕はゆっくりと言いました。

「シュノーケリングと、釣りと、それからそのおかしなローレル・アイランド。全部楽しみたい」

するとﾞ彼はあきれた顔を見せて、ＯＫとうなずき、それなら明日だと言いました。釣りをするにはエサが必要だが、それは今ないと言うのです。

「それなら、シュノーケリングだけでいいよ。ローレル・アイランドとかいう島も今日はいい。ただ、半分の時間だけ楽しみたいから、半額にしてくれ」

そう言うと、彼は強硬にノーと言います。

「それなら、またいつか」

手を振って、またレストランをつっきろうとすると、後ろからＯＫという声が聞こえました。振り返ると、少年が鼻の頭をかいていました。横でみやげ売りの女が高い声で笑っていました。

部屋に戻って、シュノーケル・セットを取り出し、待ち合わせの場所に立ちます。走ってきた少年は僕に船の位置を教え、またすぐに去っていってしまいました。

ロザリトという名のその少年が操縦する船は、やはりバンカーボートでした。ビーチから出発して北に向かい、島の裏側に回り込む途中がプカシェル・ビーチ。彼はそのまま島の周囲をぐるりと回り、クロコダイル・アイランドと呼ばれるらしいワニの形の小島に近づいていきました。

海に入ると、少し水は冷たく、潮の流れは若干急です。ボートから離れすぎないように注意しながら、僕は泳ぎ始めました。体の下には日の差し込んだ海の世界があります。

それほど美しい魚はいないものの、台風の翌日にしては透明度が高く、数メートル下までよく見えます。しばらく、浮遊感を楽しんでから、僕はボートに上がり、少年に指図を出していた太り気味のおじさんに声をかけました。

「もう一カ所くらい、見せて欲しいんだけど」

チャリというその男は、日に焼けた顔をしかめ、困ったような吹き出しそうな表情になりました。

「もう、上がるのか？」

そう聞かれて、僕は答えました。

「とりあえず今日はね。なにしろ台風の後だから、それほどきれいじゃないし」

すると、チャリは言いました。

「明日、釣りをすればいい。たぶん、あのへんに魚が集まるよ」

彼の目は真剣にそのポイントを見ていました。この男は信用出来るな、と直感的に思いました。

「まあ、それは明日考えるとして、もう一カ所見たい」

とりあえずそう言うと、チャリは黙ってエンジンをかけ始め、他のスポットへとボートを走らせました。

こうして、海の様子を見た僕は、そのまま残りの半周をして、元のバンガローに戻ることにしました。

ローレル・アイランドを左手に見ながら進み、埠頭のあるマノク・マノクを回り込んで、えんえんと伸びる長いビーチに出ます。椰子の塀に隠されたマンガヤド周辺には、さすがに人々が集い、シーズンオフでもにぎやかなものでした。

そこからさらに北、バラバグに向かってボートは走ります。僕が滞在しているバンガロー、ストーン・マシンはビーチの北端にあるのです。

傾いた日が波のあちこちで弾け、ストロボみたいに光っていました。ロザリトはバンカーボートの足の部分、つまり本体の両側に付けられた太い棒の一方に乗っています。棒と本体を結ぶ何本もの綱をしっかり握り、柔らかい足の裏を棒の表面に吸いつかせるようにして、彼はじっと前方を見ていました。

　チャリは下半身を船の中に沈め、手と足を器用に操って方向やスピードを調節していました。右足の親指と人差指の間に、何か紐《ひも》のようなものがはさまっており、それを引いたり緩めたりすることで、エンジンを操作するのです。

　どうやら親子らしいこの二人を、明日からの海上生活の仲間にしたいと僕は考えていました。変にしつこくボートの予約を迫ることをせず、単に海にいることを楽しんでいる風にも見える二人は、僕にとって気楽な友達でいてくれそうだったからでした。

　もうすぐ到着という頃、海の向こうに目をやった僕は、船と伴走するかのように波の上を一直線に飛ぶ甲虫《こうちゅう》を見つけました。その黒い小さな虫は、海上二メートルほどの高さを保ち、ビーチと平行にただひたすら進んでいました。南から北へ、まっすぐに。

　海にはほんの時たま、そのような甲虫がいます。なんのためかはわかりませんが、とにかく一直線に飛び続ける小さな虫は、おそらく波の下から現れた魚に食われたり、飛び疲れてふと波にのまれたりするのだろうと思います。彼らの報酬はなんなのでしょう。島から島へ渡るのなら、ビーチと平行に飛ぶ意味などないのです。

　そのまままっすぐに飛んでいく甲虫に別れを告げ、僕らは右に進路を変えてビーチに向かいました。

　ほんの二時間水着でいただけですが、体は少し赤くなり、シャワーのあとでクリームが必要なくらいには焼けていました。

　明日はもっとよく晴れると思います。

ですから、きっと明日の手紙は、カンカン照りの島の様子を伝えるものになるはずです。
それでは、お天気になるのを願いつつ』

その日、彼は海になど出ていなかった。一日中、ワインを飲んで過ごしていたからである。酒は前日の夜から抜けていなかった。

前夜、吹きつける風に電線が揺れるのか、バンガローは度々停電にみまわれた。ランプを貸してもらおうと雑貨店まで行くと、あたりすべてが闇に包まれていた。復旧してはまた落ちる電気にあきれ、やがてそこら中の観光客がランプ片手に外に出始めた。騒ぎにひかれ、同じようにレストランの並ぶ道まで歩いた。あちらこちらでランプが揺れ、ちょっとした災害時の興奮をあらわしていた。

夜の十一時を回っていただろうか、小腹もすいていたので、イタリアン・レストランに入ることにした。今までなら庭を電飾で照らし、磨き込んだ木で作った店を白熱灯で明るくしていたレストランだが、その夜はポツリポツリとランプが並ぶだけだった。

屋根の下に入り、テーブルを選ぶと、ウェイトレスが近づいてきた。メニューをランプで照らしてもらい、白ワインのソアヴェを頼んだ。とりあえず、普通のワインなら十種類以上揃っていた。

カラマリとエビの唐揚げが出てくるまで、彼はよく冷えたワインを飲み、ぼんやりと外を眺めた。といっても、椰子で編んだ塀の上、暗い空に目をやるだけだ。時々、音もなく、空は光った。

やんでいた雨が、また降り出した。

やることがなくなり、メニューを見る。そこには沢山の料理の名が書かれていた。一番最初のページに殴り書きのような似顔絵があった。髪を長くし、髭《ひげ》を生やしたイタリア人の顔だった。店の奥を見ると、そっくりの男がくたびれたアロハ姿で椅子に座っていた。テーブルにワインの瓶を置き、ゆったりとこちらを見つめている。軽く挨拶すると、男はほんの少しだけ顎を動かした。

そのイタリア人がオーナーだった。おそらく、年は四十代後半だろう。ヒッピー世代だ。彼はワインをゆっくりあおり、そのイタリア人の暮しのことを思った。放浪の旅に出て、この島に流れつき、いつの間にかレストランを持つ。以来、ここで一日を過ごして、二十年ほどは経っているだろう。

カラマリとエビの唐揚げは同時に運ばれてきた。衣は油をよく吸っていたが、熱くてうまいものだった。彼はそれらをつまみにし、あのイタリア人のように暮すことを想像しながら、結局夜中の二時までワインを飲んだ。


レストランのオーナーになった夢を見ていた。日本食の店ではなく、やはりイタリアン・レストランだった。オリーブオイルの調達に苦心しているところで目が覚めた。

アランが呼んでいるのだった。

バンガローの扉を軽く叩きながら、アランは彼の名を呼び続けた。返事をすると、マリアの声が聞こえた。

「ここに置いとくわよ」

それで静かになった。もう一度眠り込み、無事オリーブオイルを運んでくる女に助けられてレストラン王になってから、彼は本当に目を覚ました。

ドアの向こうには、ワインがあった。なぜくれたのかはわからなかったが、ありがたく受け取ることにした。

娼婦連れの男はたいてい、他の観光客との交流を持たないものだった。それが朝からワインを持ってくる。すべて、マリアの独特さのおかげだったろう。

空は晴れていた。時計は午前十時をさしていた。おそらく、彼らはバンガローでいちゃつくのをやめ、海に出ていったのだと思った。それで、とりあえず午前中の分の酒をプレゼントしてくれたのだ。

雑貨店でオープナーを借りようとしたが、老婆は無言で首を振った。困っていると、あの中学生くらいの娘が彼に向けて合図をした。そこで待っていろというのだ。

彼女は走り出し、どこかのレストランからだろう、使い込んだ跡のあるオープナーを持って帰ってきた。

その場で開けてしまおうとすると、女の子は彼に手を振った。持っていっていい、と仕草で示す。どうやら、小道の角にあるレストランに直接返せばいいらしいとわかって、女の子に礼を言い、ビーチの方へ向かった。

柔らかい日の光を浴びて、砂浜に寝転がる者たちがいた。少し緑の混じったあたりに座り、ワインを開けて飲んでみた。酸味の強い赤ワインはすでに温まっていたが、コクがあってなかなかうまいものだった。

通りがかった白人の青年が、彼に何か声をかけた。長い直毛をなびかせた青年は、おそらくモデルか何かを職業にしているのだろうと思われた。緩いズボンのはき方が洒落ていたし、肩を組んだ女もスタイルがよかった。

青年はバイクが通る道はどこか、と聞いているのだった。彼は後ろを向き、青年に道を教え始めた。

「ゼン……ストライト?」

そのなまりで青年がオーストラリア人だとわかった。もう一度、丁寧に説明してやると、青年は視点の定まらない目で礼を言い、足をひきずるようにして歩き出しながらこう言った。

「どっかで見たことあるぜ、ワイン男」

それが日本でかどうかを確かめる気はなかった。自分のような顔はいくらでもいる。そう思って、彼はまたワインをあおった。

風はおさまっていなかったが、空は薄青く染まり、波が目の前できらめいていた。耳は温かい大気で圧迫され、近くでする音すべてを遠ざけてしまう。おかげで、彼はたった一人でいることが出来た。

時おり、海の上をバンカーボートが走った。色鮮やかに染められたボートには、現地の男や釣りをする観光客が乗っていた。みな一様にむっつりと黙り込み、顔をしかめている。どこか遠くを見て、一人ずつ何かを考えているのだった。

酔いは快適に体をめぐり、いつの間にか眠り込んでいた。気がついた時には、すでに太陽が真上にあった。ひどく暑かった。

残りのワインを飲み干して、いったん椰子の塀の中に戻ることにした。風をさえぎっただけでも、塀の内側は十分にひんやりとしていた。

道に出て客を誘うレストランの店員に空《から》のワインの瓶を押しつけ、彼はにやりと笑った。店員はあきれたように首を振った。彼はワインはあるか、と聞いた。店員は当然という顔でうなずいた。

冷えた白を出してくるように言い、その場で待った。そこは本当に不思議な島だった。舗装された道は一本しかなく、車も見かけないような島に、レストランはいくらでも並び、冷えたワインを用意している。

少し金をはずんでワインを買い取ってから、ぶらぶらと道を歩いた。最も騒がしい小道に入り、並び立つみやげ物屋や雑貨店、ミネラルウォーターばかりを積んだ店などを見た。どの店も丈が低かった。

曲がりくねった狭い道のまん中に育ちかけた椰子の木があった。それを避けながら、トライシクルが行き交う。

まるで映画のセットのような場所だった。すべてのサイズの小ささと、薄っぺらな建物の感じのせいだった。

「おーい、俺だよ」

トライシクルから声がかかった。ルーランだった。

「島、一周しないか?」

ルーランは言った。彼は笑い出した。

「おととい、したじゃないか」

そう言っても、ルーランは真面目な顔をしていた。何度回っても面白いのだと確信しているようなところがあった。

「じゃあ、プカシェル・ビーチまでどうだ」

ルーランはあきらめずに言った。

「そこにも行ったよ」

答えると、ルーランは驚いたような表情を作った。

「でも、お前は泳がなかった」

「今日も泳がないよ。わかるだろ？　俺は酔ってるんだ」

彼はワインを上げて見せた。ルーランはもう一度、

「じゃあ、島、一周だ」

と言い、彼が答えないのを見てアクセルをふかすと、どこかへ行ってしまった。

肩を叩く者がいた。あのオーストラリアの青年だった。

青年はキスをするのではないかと思うほど顔を近づけ、ワインの瓶を取り上げると、ろれつの回らない口で言った。

「魔法を使ったのか？」

「俺が？」

「そうだ。見ろ。さっきまで赤かったのが、白くなってる」

冗談を言い終わるとすぐ、青年は自分から笑い出し、目の前の民芸店に入っていった。

「じゃあ、次に会った時はロゼにしておこう」

彼はたいして面白くもない返答をし、またぶらぶらとビーチに戻った。

後ろから、大きな声が聞こえた。

「どっかで見たぞ、チャイニーズ！」

途中、白ワインを売ってくれた店で魚のマリネを食べ、夕方までにもう一本空けた。

ビーチでは夕焼けが始まっていた。和らいだ風が気持ちよかった。黒ずんだ雲が紫や青に変わり、オレンジ色をした空に美しいコントラストを作っていた。

やがて、海辺を行く人が黒い影になり、波がその向こうでさびしく輝き始めた。

いい風だ。

彼はそのひとり言を何度も繰り返し、深いため息をついた。体は完全にリラックスし、島と溶け合っていると思った。何もしない一日。その解放感が頰を緩ませ、微笑ませた。

その時、一匹の甲虫が波の上を飛んでいくのがわかった。ビーチのことなどかまわないというように、黒い塊は北から南へと一直線に飛び、すぐに見えなくなってしまった。

彼は立ち上がって、大きく伸びをした。

そろそろ、バンガローに帰って手紙を書かなければ、と思った。

書きたい嘘は山ほどあった。

第五章

10月8日
土曜日

『今日は約束通り、釣りの様子をお伝えしましょう。南の島でのぼんやりとした釣り。立派な船を使った豪快なトローリングなどではなく、ただ海に出て糸を垂らすだけの釣りのことです。

海に出るなら朝八時に来いと言われていたのに、僕は寝坊をし、船を訪ねたのは九時になってからでした。それでも、船を掃除していたチャリもロザリトもいやな顔ひとつせず、身振りで乗るように言ってきました。

小さな甲板《かんぱん》にはイカを裂いたものとエビが載っていました。どうやら、それがエサでした。じろじろとそれを見ているうちに船は走り出し、やがてあのクロコダイル・アイランドを過ぎて、近くのスポットに着きます。

少し遠くに見えるのがローレル・アイランドですから、チャリが選んだのは二つの小島のあいだあたりということになります。

いつの間にか、ロザリトは三本の太い糸巻きを用意していました。ナイロン糸をぐるぐるに巻いたベニヤ製のものです。糸の先にはごつい針がゆわえられており、そこから数メートルくらいのところにおもりが付いていました。

真剣に波をのぞき、場所の確認を終えたチャリは無言でロザリトに指図をし、いかりを下ろさせるとすぐ、イカを手に取りました。それを針の先に巻くようにして付け、あたりをじっと見つめてから海の底に投げ入れます。

糸巻きを回して糸を伸ばしていくのですが、それは信じられないくらいに時間のかかる作業でした。海はよほど深い様子です。チャリはそっぽを向いたまま、時おり糸を引いて具合を確かめ、やがてうなずいて僕にそれを渡しました。

バンカーボートの本体の両脇に、幅七十センチほどの板がわたしてありました。僕はそこに腰をかけて足を海に突っ込み、糸を右足の親指にひっかけてTシャツを脱ぎました。太陽は十分にあたたまった感じで、ジリジリと音がするような日が裸の肩に降り注いでいました。

気がつくと、チャリとロザリトも海に糸を垂れていました。彼らはやはり根っからの漁師なのでした。観光客のためにただ船を出し、客が遊んでいる間、甲板に寝ているタイプではなかったのです。僕は彼らを見習い、たまに糸を引いては当りを見ることにしました。

三十分しても、魚は釣れませんでした。頭が焦げるくらいに暑くなり、僕はボートの外側の太い棒のあたりまで行くと、他の二人の糸にひっかからないようにしながら、シュノーケル・マスクを着けて海に入りました。深い海の視界はすぐに暗くなり、恐ろしい感じがしました。適当に体を冷やすだけにして、僕は船に上がることにしました。

それからしばらくのあいだ、板の上であお向けに寝ていました。もちろん、海側に右手を落とし、たまに糸をひっぱって当りがあるか調べてはいましたが、魚のことはどうでもよくなっていたのです。じんわり体を焼く太陽を浴び、ゆらゆら揺れる船の上にいる気分は、何にもかえがたい娯楽です。

出来ればこのまま夕方までいたい。僕はそう考えていました。ひょっとすると、それは僕が南の島で一番好きな時間かも知れませんでした。全く何もしないとなると逆に気が散るし、移動をしていれば景色が気になります。けれど、とりあえず糸を握り、釣りに集中していれば、心地よい集中と弛緩《しかん》が楽しめるのです。そして、目を開ければまぶしい太陽があり、きらきら光る波がどこまでも続いている。

僕の頭の中には心電図が浮かんでいました。神経の心電図みたいなものでした。それが小刻みに軌跡を描き、そのうちなんの起伏もない直線になるのがわかりました。かわりに、脳のどこかからじわっと快感を呼ぶ物質が分泌され始め、思わずにやりと笑いが出ます。

やっぱり、いいなあ。南の島は。

僕は喉の奥でそうつぶやきました。

ところが、チャリは場所を変えたいと言い始めました。魚はここにはいないと言うのです。仕方なく立ち上がり、糸を片づけることにしました。糸は途中でサンゴか何かにひっかかり、いっこうに上がってこなくなりました。こういう時はプロにまかせるのが一番です。僕はチャリに〝サンゴを釣っちゃった〟と言い、糸を渡しました。

チャリは太った腹を突き出すようにして糸を何度か引き、それから僕に返しました。うれしそうな顔で笑い、照れたように目を伏せてこう言います。

「サンゴじゃない。魚だよ」

僕は驚いてロザリトに〝魚だってさ〟と言い、力を入れて糸をたぐり寄せていきました。しばらくして、抵抗力がふっと弱まり、糸の先で泳ぐものの感触がし始めました。

釣り上げられたのは、二十センチほどの、薄い赤を腹に帯びた銀色の魚でした。

それから、チャリは二回場所を変えましたが、釣れた魚はついに僕がサンゴと間違えた一匹だけでした。帰りの船の中は、なんとなく寂しいものでした。チャリとロザリトはつまらなそうな顔をしているし、僕としてもきちんと成果を上げた気はしなかったのです。なにしろ、糸を片づけたら先に魚が付いていていただけなのですから。

ビーチまで来ると、チャリはこんな意味のことを言いました。〝明日こそ釣ろう。今日はまだ台風の影響があったから〟

「付き合ってもいいよ」

と、僕は答えました。明日になれば気が変わるかも知れませんが、そうなっても彼らは約束を破ったと言い出したりはしないと思ったからでした。それは朝の遅刻でもよくわかっていました。ですから、ひょっとして明日の手紙も釣りのことに終始するのかも知れません。

釣り日記みたいなことになってきました』

彼はその朝、釣りになど出かけていなかった。レストランで知り合ったイギリス人と話し込み、その日の予定を決めあぐねていたのである。

ショーンというその男は、右の眉にある傷のせいで少しいかつい感じがしたが、話しながら微笑む様子には逆に子供らしさが現れるように思われた。だが、すでに五十を超えているという。

最初に彼に話しかけてきた時、ショーンはいいクスリを知らないかと言った。ドラッグ・ストアなら近くにあるととぼけると、ショーンは一度赤いTシャツで口元をぬぐい、それからにやりと笑った。褐色に焼けた肌から一気にしわが現れるのが印象的だった。

「この島も変わった。君のような答え方をする連中なんかいなかったよ」

そこで彼はすかさず言ってやった。

「ヒッピーには余裕がなかったってことだ」

すると、ショーンは顔に似合わない高い声を上げて笑い出し、長髪に巻いてあったヘアバンドを外すと、彼の肩を抱いて言った。

「悪かった、悪かった。変わっちまったのは俺なんだ、きっと」

それから、彼らは二時間ほどかけて、レストランで朝食をとった。ショーンはソーセージが付いたフィリピノ・ブレックファストで、彼は普通のアメリカン・ブレックファストだった。その店には他にも五種類ほどの朝食セットがあり、つまり七カ国の朝に対応出来るのだった。

ショーンは最初から赤ワインを飲んでいた。だから、ショーンのセットの分のコーヒーは彼のものになった。仕方なく、彼はビールを頼むのをやめ、二つのポットから交互にコーヒーを注ぎ、ショーンの話に耳を傾けた。

ショーンによれば、島にはつい最近まで多くのヒッピーの残党が住みついていた。彼もニュースで見たことのある大きな台風が島を襲って以来、そのヒッピーたちが激減したのだという。

特に七〇年代、レストランは今よりもっと遅くまで営業しており、いわばそこは南洋の不夜城のようだったらしい。あらゆる場所から国を捨てた者が集まり夜毎《よごと》語り合う。ギターは鳴り、人は踊り、激論が戦わされたのに違いないと彼は思った。

ショーンの話すべてを信じるわけにはいかなかったが、例えばインドのゴアや、タイのサムイ島がかつてそうだったように、ある時期の西洋人たちはその島で理想の暮しを実現させようとしていたのかも知れなかった。

今はその祭りのような時代の後だった。ヒッピーたちは経済に追われ、レストラン経営に汲々《きゆうきゆう》としながら、静かな生活を送っている。それがなんだかさびしいのだ、とショーンは言った。

時々、ショーンの灰色の目が脅えるように動くのが気になった。弱気を示すようなその震えは、ありもしないことを語る者に特有のものだった。だから、ひょっとしたら、すべてが嘘かも知れなかった。それでも彼はショーンの話にあいづちを打ち、最後のコーヒーを飲み干すまでその店にいた。

「ローレル・アイランドに行くといい」

ショーンは立ち上がりながら言った。唇《くちびる》の端に白い泡がついていた。

「あそこは狂ってる。俺たちのディズニーランドだったんだ」

そうつぶやいて、ショーンはテーブルの上にごつい指を立てた。二日前に雑貨店でもらった島の地図に、それは突き立てられていた。こぼれたワインで赤く染まったその地図には、小さな島が描かれていた。ローレル・アイランド。ドライバーのルーランが誘った島だった。

ビーチで現地の男に声をかけると、すぐにボートを用意してくれた。島の者はみな、娯楽の斡《あっ》旋《せん》に通じているのだ。誰に言ってもなんとかなる。指されたボートの前で待っていると、数分もしないうちにジーンズをはいた若い男が走ってきた。

釣りか、シュノーケルか。ジョジョと名乗るその男が聞くので、ローレル・アイランドへ行きたいと答えた。ジョジョは顎を上げて、黙り込んだ。

ビーチを離れて北へ向かい、海からプカシェル・ビーチを眺め見た。数人の女がビキニ姿で何かを拾い集めていた。プカシェルという貝だろう。

太陽は波に反射して、肌を突き刺してくる。彼はキャップを深くかぶり直し、ボートの上で立ち上がったまま、進行方向を見つめた。

クロコダイル・アイランドのそばに二、三艘《そう》のボートが見えた。屋根付きもあれば、二人乗りくらいの小さなものもあった。数組の白人を乗せたボートと行き交うと、向こうから手を振ってくる女がいた。まぶしくて見づらいが、茶色い肌からすればマリアかも知れなかった。だが、彼はひさしの陰で細めた目をそちらに向けるだけで、反応はしなかった。

やがて、ローレル・アイランドと呼ばれる島の砂浜にボートは到着した。岩が盛り上がる島のほとんどは、木の柵で囲まれていた。ローレル・アイランドと書かれた看板が立ち、何やら丸ごと一軒のバンガローが持っている土地という感じだった。

ボートを降りて、島に上陸した。くるぶしを洗う波は生ぬるかった。

「ここで待ってる」

ジョジョは後ろからそう言った。仕方なくうなずき、一人で柵の切れ目に近づく。そこには小さな小屋があり、入場料を書いた札がかけられていた。むんむんする小屋の中に、一人の女がいた。三十五ペソをその女に払い、柵の中に入った。

閑散とした庭のまん中に、黒い牛の人形が二体飾られていた。角を突き合わせた牛は、どうやら石灰質の岩で作られているようだった。なぜそんなものがあるのか、とまどいながらも牛の頭をなでてみた。暑い日差しで、それはやけどするくらいの温度になっていた。

正面から右手にかけて、西部風の建物がある。そちらに歩いていって、廊下のような部分に上がり、そこをつっきって裏に回った。昔はそれがバー・カウンターだったのかも知れない。しつらえられた高めの台には、蜘蛛の巣と腐った葉がまとわりついていた。

何かが動いたので、彼はびくりとした。腐った葉を散らして、小猿が飛び上がったのだった。頭の一部が皮膚病か何かではげた猿は、こちらに腕を伸ばし、エサをねだる。彼はポケットを探った。何もなかった。猿は首輪をいっぱいに伸ばし、彼の方へ嘆願《たんがん》するようなまなざしを向けた。

無言で庭に引き返し、今度は左手の小山に登ってみることにした。黒い岩が積み上がって出来たような小山。岩のそれぞれは火山から飛んで来たのだろうか、あちこちに穴の開いた石炭のようになっていた。

太陽は容赦なく、その影ひとつない小山を照らす。海鳴り以外には何も聞こえなかった。

ジグザグに作られた岩の間の道を行き、すぐに頂上に到着した。左側に下る道が見えた。その道の端あちこちに、異様な彫刻群が立っていた。手の平の形をした椅子、目の玉を模しただけのオブジェ、短い体に大きな帽子を載せた人形のようなもの。すべてが岩から彫り出され、黒く塗り直されてあるようだった。

なぜこんな物に金を払わされているんだろう。彼は他に客のいない島の頂上で、ぼんやりと海を眺めやった。ショーンの言葉が思い出された。あそこは狂ってる。俺たちのディズニーランドだったんだ。

こんなものがアミューズメントだった時代など、あるわけがなかった。だが、ひょっとすると昔は、この静かで不気味な世界に人が集い、乱痴気騒ぎを繰り広げていたのかも知れなかった。だとすれば、すべては夢の跡だ。

なだらかな下り坂を行くと、掘立小屋があった。中に人がいる。彼は扉をくぐった。店番をしている女は一言も発せず、にらみつけるような目つきをした。

棚には、貝で出来たみやげ物が、すべてビニールに包まれて置かれていた。島の名前など書いてあるはずもなく、驚くほど時代性のないものばかりだった。奥に進むにしたがって、みやげ物の様子がおかしくなっていった。

赤と緑のモールを付けた小さな人形や、聖母マリアをかたどったらしい貝のレリーフ、そして金色の鈴。どうやら、すべてクリスマスにちなんでいるらしいのだが、季節からいっても場所からいっても全く必然性のないものだ。

しかも、デザインはひどく古くさく、ヨーロッパの田舎町にさえ残っていないような品物ばかりだった。もちろん、どれもこれも薄汚れたビニールに覆われている。彼は背筋が寒くなるのを感じ、店員を見ずに外に出た。

あそこは狂ってる。再びショーンの言葉が浮かんだ。確かに狂っている、と思った。じりじりと照りつける日の下で、ショーンの表情が思い出された。俺たちのディズニーランドだったんだ、と言った時のショーンの懐かしげな顔。この小島をディズニーランドとして懐かしく思うことも、やはり狂っている。彼はそう考え、思わず背後を見た。ショーンがいたらたまらないと思ったのだった。

店のまん前に、また何かがあった。トタンのようなものを幾つか重ねて屋根にしていた。ふと気づくと、横に幅二メートルほどの小屋があり、そこにも人がいた。動かない現地の男は死人のようだった。

屋根の下をのぞくと、そこは洞窟《どうくつ》だった。下に白い椅子が置かれている。洞窟に入って休めというのだろうか。顔を上げると、ようやく男が動き、身振りで入れと言った。またしても入場料が書かれた札があった。

彼は首を振った。何をするにも金がいるところは、アミューズメント・パークと言えないこともなかった。しかし、感覚としてはお化け屋敷と言った方がよかった。かつて生き生きしていただろう島は死に絶え、その昔の楽しさの影がかえって恐怖を誘った。

ヒッピーは本当にここで笑い、ギターを弾いて夜を惜しんだのだろうか。それとも、ショーンが話したことすべてが、あの男の唇の端に浮かんだ泡のような幻なのだろうか。

小山を降りる途中、今度は檻《おり》を見つけた。ひとつには羽のはげ落ちた鷲《わし》が入っており、もう一方には泥をかぶった毛布のようなものが落ちていた。毛布が気になって、一歩前に出てみた。それは熊らしき動物だった。暑さにへばり、コンクリートの床につっぷしていたのだった。

おそらく動物園のつもりなのだろう。二つの檻には札がかけられ、そこに種類が書かれているらしかった。どちらもペンキがほとんどかき消えていて、文字を読むことが出来なかった。

逃げ出すようにして、急いで庭に向った。潮風に耳が圧迫され、頭の中がぼんやりしていた。サンダルが岩をこする音も、どこか遠くから響いてくるように感じられた。海鳴りの中でそれは誰かが歩いてくる音のようにも聞こえた。

一瞬、幻覚のようなものが見えた。ヒッピーが生きていた世界に自分がいて、あちこちで動く男女に囲まれていた。岩に腰をかける男や、バー・カウンターに肘《ひじ》をつく女は、みな一様に無言だった。だが、彼らは明らかに笑い、歌い、語り合っている。死んだように生きている。

その幻を振り払い、走るようにしてボートに帰った。ジョジョは甲板に尻を落とした形で座り込み、何食わぬ顔をして海を見ていた。

バンガローに着いて、古めかしい真鍮《しんちゅう》の鍵で玄関を開け、ベッドに倒れ込むと、彼は吸い込まれるように眠り込んだ。

夢の中で、郵便局にいた。

『追伸
ところで、実はこの島に来た一日目から、僕は小説のようなものを書き始めています。郵便局のそばのサリサリ・ストア、つまり雑貨店でノートを買い、そこに走り書きをしているのです。日本に帰ったら、きちんと清書してお見せしますが、たぶん驚くと思います。それは南の島から手紙を送る男の話です。しかも、彼は自分が体験していないこと、すなわち嘘を毎日手紙に書いているのです。

ですから、小説は手紙と本文の両方で構成されることになります。手紙の方は僕が実際書き送ったものを使おうと思っているので、必ず取っておいて下さいね。もちろん、この手紙には嘘は書いていないので御安心を。

というわけで、僕は毎日、手紙を書いた後でバンガローの机に向かい、ノートにありもしない体験を書いています。おかしな感じです。僕が書いている本文はすべて嘘なのに、逆に小説の主人公にとっては、あなたに送っているこの手紙の方が作りごとなのです。

そもそも、ノートを買うまでは、そんな小説を書くなんて思いつきもしませんでした。こちらの国のアイドルが表紙になったノートを興味本位で買い、バンガローの鏡の前に置いた時、唐突にアイデアが浮かんだのです。

　そう、だからこそ、僕は毎日あんなに長い手紙を書き送っているのでした。小説に取り入れる手紙を兼ねて。それとも、あなたは最初から企みに気づいていたかも知れません。なにせ、毎日ぶ厚い封書が届くんですからね。

　今日までのところ、その架空の男に何か特別なことは起きていません。というか、何も起きないバケーションをしながら、彼はもうひとつの島暮らしを手紙の中で想像し続けているのです。郵便局を中心にして、島の反対側にバンガローを取った暮らしをです。つまりは僕の。

　変な話でしょう？

　ともかく、今日はこれで手紙を終ります。もちろん、真実の方の、ですけどね。

　これから郵便局まで行って、近くのメキシコ料理店でタコスを食べようと思っています。

　ちなみに、小説の中の〝ニセの手紙を書く男〟はマンガヤドに、つまりたくさんの客が集うあたりに住んでいます。ですから、この手紙の後に書かれる今日の小説の出だしは、こんな風になると思います。〝彼はその朝、釣りになど出かけていなかった。レストランで知り合ったイギリス人と話し込み、その日の予定を決めあぐねていたのである……〟

　それでは、明日に備えて英気をやしなっておくことにしましょう。

　彼と違って、僕にはやることが多いんですから』

第六章

10月9日
日曜日

彼はよく晴れた昼をもて余し、バンガローの裏庭にあるダーツ盤を相手に無駄な時を過ごしていた。三本あるダーツの羽根はどれも犬か何かに食いちぎられたように不揃《ふぞろ》いで、そのせいか彼はさかんに的を外してはいらだった。

狭い裏庭に面して、バンガローは三軒あった。彼の住むバンガローの向いは空き部屋で、アランとマリアが借りているのは左手、道から最も奥まったところにある。ダーツ盤がかかっている椰子は彼らの部屋のまん前にそびえていたから、矢は時々その仮住まいの階段に当たり、はね返って音を立てた。

マリアには朝、その裏庭で会った。椰子と椰子の間にかかったハンモックの上でTシャツを脱ぎ、ぼんやりと煙草を吸っている時だった。マリアは黒のビキニ姿でバンガローから出てきた。緑と白の太い縞《しま》があるバスタオルを肩にかけていた。

彼女の体から視線を外し、無言で挨拶すると、どこかに出かけるつもりかと聞かれた。答えに困っていた彼の肌を試すように眺め回したマリアは、いい色に焼けてきたわねと言った。

気がついてみれば、皮膚がほんのりと赤くなっていた。前日、ローレル・アイランドにいたのはほんの三十分だったのに、太陽は十分に降り注いでいたのだ。

「本当にいい色になってきたみたい」

マリアは再びそう言い、彼の顔をのぞき込んでウィンクをした。そして、小さくこうささやいた。

「なぜ、あたしを買わないの？」

やはり黙らざるを得ない彼の胸によく伸びた爪を這わせながら、マリアは部屋に向かってアランの名を呼び、もう一度ウィンクしてみせた。アランは寝ぼけまなこで扉のあたりに現れ、片手で挨拶をした。マリアは自分の体に隠して、まだ胸に触れていた。

彼ら二人はそのまま黙って裏庭を抜け、ビーチの方へ歩いていった。アランが引きずるサンダルの音が、しばらく耳について離れなかった。そして、遠くから響いてくるマリアのことさら明るくした笑い声も。

それから、彼は日の差さない裏庭に残り、ひんやりした湿気の中で二時間を過ごしたのだった。意味のないダーツは、その間ずっと繰り返されていた。

あたりが少し騒がしくなったおかげで、ランチ・タイムが来たことがわかった。ようやくその遊びにけりをつける気になり、彼は丈の短い椰子の幹に三本の矢を突き刺した。その時、まだ黄緑色を残した先端の広い葉の上に、二匹の甲虫がつがっているのを見つけた。

互いに正反対を向き、尻だけをつなげている黒い甲虫は、ひどく馬鹿らしいものに思えた。彼は乱暴に片方の甲虫の腹をつまみ、持ち上げた。つながったもう一方も同時に葉から離れ、もがく足で空中を泳いでいた。

その無抵抗な二匹をダーツ盤にしがみつかせ、丈の短い椰子のあたりまで遠のくと、三本の矢を引き抜いた。

最初に投げた矢は緩やかな弧を描き、ダーツ盤の8のゾーンに命中した。細い電線をちぎるような、ブチリという音がした。吸い込まれていくような軌跡は、網膜《もうまく》にこびりついたままだった。

矢の両側で甲虫はもがき始めた。その足の動きを見れば、彼らが盤から浮き上がっているのは明らかだった。それでも、二匹の甲虫はその場から離れられないのだった。

彼は顔をしかめながら盤に近づき、矢が甲虫のつながった尻を二つとも突き刺しているのを見た。それならば、甲虫は性交から解放されていいはずだった。しかし、矢は二匹の尻をささくれだった板の中にめり込ませていた。

感触が指に伝わらないような速さで、黄色い羽根の矢を抜き去った。甲虫はその矢の両側から泥混じりの土にボロリと落ちた。彼らはまだ足を動かしていたが、いっこうに移動する気配がなかった。


昼食はプカシェル・ビーチでとった。バンガローから出た彼の前に、ちょうどトライシクルが通りかかったからだった。どこへ行くつもりもないのに、彼はその屋根さえ付いていないトライシクルを止め、行き先を聞かれて適当な場所の名を答えた。それがプカシェル・ビーチだった。理由などなかった。

白く細かい砂浜に見えるプカシェル・ビーチは、ほとんどすべて小さな貝で出来上がっていた。

マンガヤドに比べれば、そこはひどく落ち着いていた。数軒並ぶ海の家のような小屋からも音楽が聞こえなかった。風と波、そして何人かの人々の声がするだけだった。

かろうじて屋根があるといった程度の休憩所には、砂の上で傾いたベンチがあり、日差しで色の変わった貝やトカゲの剝製《はくせい》を売っていた。三歩も歩けば、そこは火の燃えさかるかまどで、大きめの鍋がかけられていたり、アルミフォイルにくるんだ魚が焼かれていたりする。

彼はひとまずペプシコーラを頼み、生ぬるいそれを喉に注ぎ込みながら、向いの席で島の男が食べているものを指さした。店をしきる中年女性は顎を上げて了解し、かまどの方を向いた。

島の男はアルミのボウルから茶色がかったスープを飲み、野菜の細切れをまぶした米の上に煮魚を載せて食っていた。魚の上にもまんべんなくスープをかけた男は、黙って空になったボウルを手にし、かまどの横に置かれた鍋から勝手におかわりをよそった。

じき、彼の目の前にもその料理が運ばれてきた。中型の魚はぐずぐずに煮込まれ、スープの中から頭を出していた。スプーンでそれを取り出し、前の男を真似て米の上に載せた。魚の白身は独特のくさみのある醬油《しょうゆ》にからまって少し酸《す》っぱかった。三色ほどの野菜の細切れを混ぜた米は、今まで食べたどんな店のものより柔らかくうまかった。

鼻水が垂れるのもかまわず、彼はそれをかき込み、ボウルに残ったスープを飲み干した。ベンチの下では、黒白のブチ犬がおすそ分けを待っていた。ボウルのあちこちにこびりついた魚の皮を、犬の前に落としてやった。ブチ犬は砂ごとそれを食い、鼻の頭をやはり砂で白くしながら、また彼を見た。

思わず微笑みそうになった時、隣の休憩所からギターをかき鳴らす音が聞こえた。顔を向けると、わりに新しいTシャツを着た現地の男がギターを抱えてこちらを見ていた。男の前には背中を向けた白人カップルがいた。

男は陽気な笑顔を作ってから、大きな声を出した。

「ディス・イズ・ジャパン・ソング」

彼は男の作り笑顔に嫌気がさし、犬の方へ顔を戻した。だが、男はいっこうに気にする気配がなかった。そして、歌い出した。

「スズキ・ヤマハ・カワサキ・アジノモト・ゴメンナサイ・アリガトウ」

おそらくこちらではポピュラーだと思われる歌のメロディに乗せ、男は明るい声で歌い続けた。周囲の注目はいっせいに男に集まり、それをいいことにして声の音量は段々と上がっていった。盗み見ると、白人カップルは同情と好奇心をないまぜにした表情で、彼の方を振り返って見ていた。男の周りに集まり始めた島の人間たちは、なんの悪意もなく男と彼を見比べ、知っている日本語が出てくる度に笑った。

彼は怒るわけにもいかず、かといって笑う気もしないまま、じっとその屈辱に耐えた。

「スズキ・ヤマハ・カワサキ・アジノモト・ゴメンナサイ・アリガトウ」

そのサビは三度も周到にリフレインされ、最後にはスロウテンポにさえなってから終わった。彼はそれから数分をみはからい、不自然でないようにしながら立ち上がって食事の金を払った。ギターを弾く男が、何か機会を狙いでもするようにこちらを見つめているのが、ひどくうっとうしかった。

プカシェル・ビーチに来ているトライシクルは見あたらなかった。マンガヤドに帰るためには、いつ来るとも知れないトライシクルを待つか、乗合ボートを利用するかしかないらしかった。

だが、少し離れた休憩所でボートの時間を聞くと、もうすぐだと答えるばかりで要領を得なかった。仕方なく、ボートが来たら教えてくれるように言い、Tシャツだけを脱いで海の方へ歩いた。

半ズボンのままで貝を拾ってみる。米粒より若干大きいくらいの巻貝や、桜貝に似たものに混じって時おり、平たい形をしていて表面にくっきりと螺旋《らせん》が刻まれた貝があった。女物のシャツのボタンくらいのものから爪くらいのものまで、彼は手の平に五個ほど集めてみた。背中いっぱいに日は照りつけていた。

「ほお、プカシェルだ」

流暢《りゅうちょう》な英語が頭上から降ってきた。見上げると、いかにもアメリカ人らしい六十歳を過ぎた男がいた。顎から頬まで白い髭で覆い、同じ色の清潔な半ズボンで大きな腹を隠していた。横には、花柄のサマードレスを着た同年齢くらいの女性がいた。

「この島は気に入ったかね?」

アメリカ人は言った。即座に答えることが出来なかった、間《ま》を埋めたいと思い、とっさに微笑みだけを見せてみた。すると、アメリカ人はうなずいてしゃべり出した。

「昔は家族でメキシコに行ったもんさ。毎年そうしてた。だが、今年から妻と二人で旅行することにしたんだよ」

何も言わずにいると、アメリカ人は首を傾《かし》げるような仕草をして笑い、

「こんなに太っても、まだ飛行機は乗せてくれる。ありがたいことだ」

と言った。答えてやるべき言葉がなかった。それでも、アメリカ人は大仰な身振りでおどけ、自分の腹を抱えてみせた。そして、ちょうど通りかかった若い白人の女をつかまえ、島を気に入ったかと聞き始めた。そのまま遠ざかっていくアメリカ人は、彼にしたのと同じ調子でメキシコ

旅行のことをしゃべっている様子だった。少しやせた妻は終始楽しそうにうなずくばかりだった。

やがて、ボートがビーチに着いた。どこからか十人以上の島の人間が現れ、争うようにしてそれに乗った。彼はあわてて休憩所に戻り、Tシャツを頭に巻きつけてボートの方へ走った。

マンガヤドのバンガローに帰り着くと、ゆっくりと煙草を吸い、それからおもむろに机に向かった。他にやることが見つからなかった。途中で何度も立ち上がって部屋から出ようとし、すぐにやめては便箋の上に身をかがめた。

郵便局に着いた頃には、日が暮れ始めていた。行き過ぎる人々の影がみな、夕日と闇の両方に身を浸し、非現実的な色に染まっているように見えた。

手紙を投函するまでの間に、彼はおかしな恐れを抱いた。自分が作り出した登場人物に出会ってしまう予感がしたのだ。ほの赤く染まった夕方の空の下で、彼はその男に出くわす。姿形も決まっていないのに、見ただけでそれが誰であるかがわかるだろう。彼はそんなことを考えてしまう自分にとまどった。

体の輪郭が溶け去っていくような気分がした。中心を失って浮き上がってしまう嫌な感覚があった。何者であれ、今声をかけてくる人間がいれば、心臓麻痺《まひ》を起こして死んでしまうとさえ思った。尻をちぎられても生きていた甲虫が、嫌悪感とともになぜか思い出された。

みるみる夜に包まれていく周囲をなるべく見ないようにしながら、彼は郵便局長に挨拶し、厚い封筒を手渡した。それから、走ってくるトライシクルをのぞき込み、他に誰も乗っていないことを確認してから、ドライバーに行き先を告げようとした。しかし、言葉が出てこなかった。

何か言わなければと焦りながら、自分が帰るべき場所を持っていないような気がした。だが、唇はゲッコーズ・サンセットと言っていた。トライシクルはスピードを上げ始めた。

湿気をいっぱいに含んだ柔らかい風に巻き込まれながら、手紙の中の男の方が自分より生き生きと暮している、と彼は思った。

その男を憎んでいるのかも知れなかった。


『今日、あのチャリがサリサリ・ストアを兼ねたつつましいドリンク・バーを経営しているのを知りました。それも僕が泊まっているバンガローの隣にです。今までちょっとした椰子の陰に隠れて見えなかっただけで、実は彼はいつでも僕のそばにいたのでした。

今日はその話をお伝えしたいと思って、筆ならぬボールペンを取りました。

でも、その前に、夕べ行ったフランス料理店の話を少し書かせて下さい。昨日の手紙は確か、メキシコ料理店に行こうとしている旨を発表して終ったと記憶しますが、あの後ちょっとしたハプニングが起きたのでした。

メキシコ料理店に行こうとバンガローを出ると、テラスの下に丸められた紙くずが落ちていたのです。僕は誰かのいやがらせじゃないかと眉をしかめていました。誰のと聞かれると弱りますが、正直なところ僕はドナのことを思ったのです。ジョセリンとの仲を引き裂こうと考える彼女の姿が、ふと脳裏をよぎったからでした。

ジョセリンとの仲も何もあったものではなく、ドナが嫉妬《しっと》する義理もないのですが、僕はいやがらせされた自分を思って、少しいい気になっていたわけです。

ところが手に取って見ると、それはただの紙くずではなく、この島の地図だったのでした。まるで宝のありかを示したもののように、それはくしゃくしゃで黄ばんでおり、あちこちに赤い染《し》みがありました。たぶん、ワインか何かをこぼした跡でしょう。

観光客用の二つ折になった地図ですから、そう珍しいものではありませんが、ただ一カ所、ワインの染みが矢印のような形になっているのが気になりました。それはわざわざ筆で描いたとしか思えないくらいの印でした。

矢印の先にあったもの。それが“CHEZ DE PARIS”でした。名前の通り、フランス料理店です。宝探し気分になった僕は、南の島で食べるフレンチ・キュイジーヌもよかろうと、早速出かけてみることにしました。またまた正直なところを告白すると、僕は自分を誘うジョセリンの姿をちょっぴり想像していたのでした。いやがらせはドナで、誘惑はジョセリンというのも、我ながらひどい話です。

ところが、トライシクルを走らせて、十分くらい経った頃、ドライバーはコンクリートの道を離れ、右側のデコボコ道に入って行ったのでした。両側には丈の高い雑草が生えており、あたりには何の明りもありません。そこら中に水たまりがあり、トライシクルは何度も立ち往生しかけます。

これは地図の間違いだな、と思いました。おそらく、元の持ち主はそれを矢印の形で示していたのです。あるいは、やはりいやがらせ。当然僕は、やぶの中に光るドナのどんぐりまなこを想像しました。

それでも、僕はトライシクルが止まるまで待とうと思いました。ドライバーが連れていく場所まで行き、そこに何があるのか確認してから帰るつもりだったのです。暗い椰子の木の下にジョセリンがいる可能性だって捨てるわけにはいかなかったのです。

ところが、トライシクルは薄明りのついた建物を見つけ当てました。ドライバーがそっけなく、その二階建ての粗末な建物を指さします。まさかと思いながら、僕はトライシクルを降りました。それがフランス料理店でした。人の気配のしない雑草の中に忽然《こつぜん》と現れた、オレンジの明りを漏らすフランス料理店。宮沢賢治の世界みたいな成行きです。

静かな店内には何組かの先客がいました。白人の母親と二人の青年。現地女性と白人男性、そして彼らの小さな娘。みなこそこそと細い声でしゃべりながら、食事をしています。

僕はセメントで固められたテラス側を選び、まず赤ワインを頼むと、メニューをしっかりと読み始めました。もちろんすべてフランス語ですから、まともに意味はわかりません。

結局僕は貝のマリネとスープ、それから牛肉を焼いたものとしごくわかりやすいものをオーダーし、安心してゆっくりとワインを飲むことにしました。むき出しの木で作られた店の中には、歓喜の歌をカルテットで演奏した曲が大きく響いています。空には月が出ており、あちこちに椰子の影が見えていました。

やがて、立派な体格の犬が現れ、僕のパンをねだり始めました。ちぎって投げてやると、ぱくりとくらいつきます。やつはマリネの貝も、スープに入っていた魚もより好みなく食いました。時たま、投げたところが悪いと、やつの目を盗んで小猫が現れ、おこぼれにあずかります。

コーヒーとクレーム・カラメルをたいらげる頃には、僕の周囲に二匹の犬と三匹の猫がいました。スピーカーはクラシックを流し続け、だいぶ酔った僕の耳を刺激します。

そこがどこであるのか、僕は何度も見失いそうになりました。自分がはいたサンダルと半ズボン、それから椰子と犬たちを見ればまぎれもなく南の島なのですが、食卓に並んだものに目を向けて耳を澄ませばフランスの田舎町のようでもあるのです。味のことさえ抜きにすれば。

おそらく、その二重露光の写真のような、あり得ない景色の重なりこそがこの島の魅力なのでした。僕はそう結論づけて静かにうなずき、いまや島の象徴ともいえるレストランの内部をゆっくりと見回しながら、地図の上に矢印がついていた意味を理解したように思ったのです。印は僕に、島そのものを濃縮して体験させたのでした。

こうして僕は、気分よくディナーを終え、店の表玄関からビーチ沿いの道に出ました。誰のおかげかわからないまま素晴らしいムードを楽しんだ後で、腹ごなしをしようと考えたのです。

マンガヤドと呼ばれるそこはいわば繁華街で、少し歩くと大勢の人とすれ違います。ほろ酔い気分の彼らはみんな陽気に微笑み、そして静かに黙り込んでいました。

近くにはなんと、マルクもフランも円もドルもきくレストランまでありました。玄関に立って客を引く女の子たちは、丈の短いワンピースを制服として着込み、一瞬首都にいるような気分にもさせられたものです。

そのまま、僕は目的もなくあたりを歩き回り、夜のマンガヤドを十二分に見物してから自分のバンガローに帰ったのでした。

ああ、チャリ一家のことを書こうと思っているうちに、昨日の夜の話の方が長くなってしまいました。彼らとの交流については、涙をのんでまた明日御報告することにしましょう。これ以上、あなたを付き合わせるわけにもいきませんし、僕も疲れているようです。

たぶん、僕は明日もチャリのバーに行き、椰子でふいただけの丸い屋根の下で過ごすか、彼のボートに乗って海に出るのだと思います。

とにかく今は、やっとこの島で自分がいるべき場所を見つけた気がするとだけ書いて、急いで郵便局へ向かおうと思います。なんということもないディナーの様子をわざわざ書いてしまったのも、伝えきれないほどの充実感のせいでしょう。もはやすべては僕にとって、かけがえのない体験なのです。御勘弁下さい。

　それでは、必ず明日』

　彼は前夜、フランス料理店にも行っていなかったし、メキシコ料理を食おうと考えたことさえなかった。ましてや、チャリなどという男も知らず、自分がいるべき場所を見つけてもいない。

第七章

10月10日
月曜日

『今日、あまりにも奇妙なことが起こりました。それは最後に書くとして、まずは昨日の手紙の続きです。そうしないと、僕の暮らしの報告を忘れて、くどくどと例の小説のことを書いてしまいそうだから。

あの椰子でふいた小さな屋根の下が、僕のいるべき場所になっています。そこがバー&レストランを名乗る店、チャリズです。

昨日と今日、僕はそこを中心にして、チャリ一家とともに長い時間を過ごしました。おかげで、僕が泊まっているバンガローのオーナーから冷たい目で見られるようになってきています。彼が経営する方のレストランに、それこそ一歩も足を踏み入れなくなったからです。いや、オーナーだけではなく、従業員みんなの目がどこか違い、レストランの脇を通ってビーチから出入りする度に、僕は視線を避けるようにして背中をこごめています。

昨日はボートで沖に出て、また釣りをしました。メンバーは同じくチャリとロザリト。残念ながら魚は一匹も釣れませんでしたが、僕としては、昼を境にした三時間を海の上で過ごせて十分に幸せでした。

ビーチに帰り着いたのは、午後一時を少し回った頃。ロザリトが差し出す手を笑顔で拒絶し、僕はボートから降りて歩き出しました。腰までつかった海水は生温かく、溶けたゼリーの中にいるような滑らかな感触がしました。

チャリが太い体で海をかき分けて砂浜に着くまで、僕はロザリトと二人でじっと沖の方を見ていました。その僕が暇を持て余しているように見えたのか、腹から下をびっしょり濡らしたチャリは、目をそらしたまま控えめな調子でこう言いました。

「俺のバーでビールでもどうだい？」

僕はその時初めて、彼が店を持っていたことを知りました。そして、チャリについて歩き出してすぐ、その店が自分のバンガローのすぐ隣にあったのに気づいたのでした。

椰子でふいた丸い屋根の下にバー・カウンターがあり、軒から下がったたくさんのTシャツが風に揺れていました。プラスチック製の白い椅子には二、三人のTシャツ売りの女が座っています。チャリは少し得意そうに椅子に座れと言い、それからカウンターの奥に入っていってしまいました。

気になって反対側に回り込むと、そこはサリサリ・ストアになっていました。棚いっぱいにケチャップやら、先が広がったほうきやら、インスタント・ラーメンやらが積んであります。その雑貨店側のカウンターの下に潜り込んだチャリは、僕を見つけると今度はなぜか恥ずかしそうな顔をし、

「何か必要な物はあるか？」

と言いました。

「何が必要か、今探してる最中だよ」

そう答えてから、僕は店の反対側に目を向けました。広い空き地の向こうに大きな建物があり、その脇に幾つかの小屋が建っていました。僕は聞きました。

「あれは何？」

チャリは声を大きくして答えました。

「ホテルだ。俺のホテル」

彼は胸を張り、立派な宝物をめでるように遠い目をして、その建物を見ていました。

バーの方に戻ると、十六、七くらいの賢そうな女の子がカウンターの中に立っていました。軽く挨拶する僕に、彼女は何か飲みたいかと聞いてきました。それは素直な英語で、気張ったところも恥ずかしげなところもありませんでした。

マンゴーシェイクを頼むと、ロザリトが通りかかり、彼女を指さしてアルマと言いました。名前を教えてくれたのです。

そこにチャリが戻ってきました。短い腕に小さな女の子を抱いていました。娘を紹介すると言ったチャリの顔はすっかり親馬鹿のそれでしたが、三歳だというチャリリンは他人から見ても確かにかわいい子でした。大きな目とくしゃくしゃの黒髪、そして低いけれどくっきりした鼻が愛らしいのです。

しかも、チャリリンは人見知りしない子でした。カウンターの向こうから僕を見つめ、笑いながらレシートを差し出したり、しなを作ったりします。僕はうれしくなって思わず彼女に話しかけ、アルマに笑われました。

「彼女はまだ英語を知らないわよ」

するとあたりにいた人たちも、うれしそうに笑い出しました。アルマが何を言ったかがわかったというのではなく、僕に対する警戒心を解いたからこその笑いに感じられました。

やがて、チャリの奥さんが快活な調子でしゃべりながら現れ、さらに五歳ほどの男の子レイモンドがその場に加わりました。チャリの紹介によれば、レイモンドは養子なのでした。この島で家族がどのように構成されるものかはわかりませんが、少なくともチャリが周囲から信頼される人間であり、面倒見がいいことは想像されました。彼がTシャツ売りのボスであることからも、それはわかりました。

結局、僕は彼らとともに二時間ほどを過ごし、アルマが作ったマンゴーシェイクを三杯飲んで、ようやくバンガローに帰ることにしました。すると、驚いたことにあの背中が曲がった男が登場したのでした。以前、バンガローの前で騒いでいたあの男です。

男はこの間見た時とは違って、実に人なつこそうな顔でこちらに顎を上げ、そのまま店の裏側に歩いていってしまいました。少し厳しい調子でチャリに何か話しかけた様子や、さらに奥にいる誰かを呼ぶやり方から考えると、彼は使用人などではなく、むしろチャリよりも上の立場にいるような感じでした。

「叔父《おじ》なんだ」

チャリは僕の表情を読むようにして言い、にっこり笑って男の背中に目をやりました。途端に、男に対して抱いていた恐怖感は消えました。チャリの目から、ある尊敬のようなものがうかがえたからでした。

反対に、僕が泊まっているバンガローが島の人間を怒らせていたのはなぜなのだろう、という疑問がわきました。そして、答えがどうであれ、僕は断固島の人間の側に立つのだという気持ちになったのでした。自分がすっかり彼らに溶け込んでいると感じていたからでした。僕は実に単純な男なのです。

続いて今日も、僕はチャリズにいりびたっていました。

あいにく空模様はよろしくなく、時々雨が降ってくるという状態でしたが、僕は朝起きるとすぐサンダルをひっかけてチャリの店に行ってみたのでした。

カウンターの向こうには、アルマしかいませんでした。僕はいつもマンゴーシェイクしか頼まないのに、アルマは律儀に注文を取り、マンゴーシェイクと短く言うとそれが初めてのオーダーだったようになるほどという顔をして、マンゴーを切り始めました。

やがて、チャリとロザリトが現れました。彼らは釣りの帰りだったらしく、ビーチの方から歩いてくると、僕を見つけて顎を上げました。獲物はとれたかと聞いた僕に、チャリは発泡スチロールで出来た青い箱を見せ、右手の指を三本立ててみせました。

船の到着をどこで知ったのか、店の裏手の調理用の小屋からあの背中の曲がった男が出てきました。僕に笑いかけたあと、真剣な面もちで箱の中をのぞき込みます。うなずいた男は、そのまま船の方へ早足で去っていきました。

「今日は釣りに連れていってくれないの?」

チャリにそう聞くと、彼は困ったようににやりと笑い、空を仰いでみせました。

「夜になったら、行けるかも知れない」

「夜釣り？」

「ああ」

その提案は僕を興奮させました。南の島の夜釣りなど経験したことがなかったからでした。アルマが出してくれたマンゴーシェイクを少し飲み、彼女においしいよと言ってから、僕はチャリに話しかけました。今夜連れていってくれるよう、頼んだのです。

もちろん彼はＯＫしましたが、残念ながら雨は夜まで降ったりやんだりで、船を出すことは出来ませんでした。僕は結局、その船に乗りたいがために一日中チャリの店にいて、猫のチャプチャプと犬たちに囲まれながらぼんやりと空模様を見て暮らしたのでした。

夕日が沈んでから、夜釣りの中止が決まり、僕は仕方なく自分のバンガローのレストランへ行くことにしました。少し御機嫌をとっておこうと思ったのです。しかし、従業員たちの応対はどこかよそよそしいものでした。彼らは僕がチャリの店にいりびたっていることを十分に知っていたのです。なぜなら、二、三人の男が時たま、用もなくチャリの店に立ち寄って偵察らしきことをしていたからでした。

バイキング形式で出されていた魚や肉の中から、僕は無理をして大きなエビを選び、従業員たちにお世辞など言って焼いてもらうと、それを飲みたくもない赤ワインで胃に流し込んで部屋に戻りました。出来れば、またチャリのバーに行き、互いにつたない英語でおしゃべりをしたかったのですが、そうもいかない雰囲気でした。

バンガローのキーをジャラジャラいわせていると、後ろに人の気配がしました。あわてて振り向くと、黄色く淡いライトの光の中にジョセリンがいました。彼女はすぐに目を伏せてしまいましたが、体は僕の正面を向いたままでした。何か言わなければと思うと、かえって言葉につまりました。

「あした」

ジョセリンは風に消えてしまいそうな声で、そう言いました。僕はうなずくことも控えて、彼女を見つめ続けました。

脳裏に彼女が練習していた姿が浮かび、その時感じたあまりよくない印象を思い出しました。けれど、僕は口を開いてこう言っていました。

「あなたはダンス・ショーを見る？」

「もちろん。僕はそのつもりだったよ」

すると、彼女は顔を上げました。薄い光がなぜか彼女の目の中では強く反射していました。しわひとつない口元を緩め、ジョセリンは笑うような泣くような不思議な表情になりました。そして、言いました。

「あたし、踊るわ」

「君は踊りたくなかったの？」

すかさず、そう聞いていました。

「下手だから」

ジョセリンは体の前で組んだ手を動かし、恥ずかしそうに答えました。

「それなら、なぜ踊ってくれるのかな？　僕のため？」

思い切って、僕はそう質問してみました。こういう時、英語はやはり他人の言葉です。あるいは、急いで飲み干した赤ワインが効いていたのかも知れません。

「踊るの」

彼女は小さな声で答えにならないことを言い、急いでもう一度しっかりと、

「あたし、踊る」

と繰り返すと、僕に手を振ってレストランの方へ走っていってしまいました。

肘を体につけ、手の平を上に向けてかすかに振られた手。恥ずかしがり屋のジョセリンならではのその仕草は、今でもくっきりと思い出せます。白状すると、僕はそのあと、何度も自分でそれを真似し、ひとり悦にいったりしたのです。

そんなわけで、ジョセリンが去ってからは部屋に入っても落ち着かず、僕はトレーナーをはおってビーチに出てしまいました。そして、おかしなことに出会います。

ビニール張りの長椅子に寝そべり、厚い雲が空を移動するのを見ている僕のそばに、酔った白人青年が近づいてきたのでした。僕の顔を失礼なくらいなれなれしくのぞき込んだ青年は、こう言いました。

「また、君か」

しかし、僕は彼に会った記憶などありませんでした。面くらっていると、彼は続けました。

「今日のワインはどうだった？」

なぜワインを飲んだのを知っているのかわからず、僕はうまかったよと答えました。すると、彼はこう言いました。

「ロゼだろ？」

あてずっぽうだったとわかり、

「確か、もうちょっと赤かったな」

といなしてやった僕に、彼はこう言って歯をむきました。

「島中のワインを飲んじまう気か、チャイニーズ」

そして、彼はふらふらと砂浜を歩き出し、暗闇から飛び出してきた白人の若い女性と笑い合いながら、ゆっくり去っていったのでした。

しばらくしてからの僕の驚きはすさまじいものでした。ふと、あることに気づいたのです。実は僕は、前にお知らせした小説の中に、その白人青年に似た人物を登場させていたのでした。ニセの手紙を書く男の日常の方に、彼は出てきていたのです。ニセの手紙を書く男は、彼とワインに関して二、三の言葉をかわしています。僕はまさにその会話の続きを、酔って焦点の合わなくなった青年と行なっていたのでした。

考えてみればすでに一昨日、僕は前触れに出会っていました。あのフランス料理店に僕を導いた地図がそれでした。小説の中で、僕は架空の地図を小道具に使い、主人公を島の外に連れ出していたのです。同じような地図によってフランス料理店に出かけた僕は、自分が生み出した人物の手でそこに連れ出されたようなものではないでしょうか。

東京に帰ったら、すぐにあなたにもノートを見せます。読んでいただければ、息が止まってしまうほどの僕の驚きと気持ちの悪さをわかってもらえると思います。それはあまりにうまく出来た偶然で、もしこのエピソードを小説に組み込むならば、全体の仕組み自体を変えなければならないとさえ、僕は考えたほどでした。そうしなければ、小説にならないのです。

事実は小説より奇なりと言いますが、僕は昔から事実は小説にならないほど奇なりと言うべきだと思っています。時々、現実はひどく不思議で、そのまま書けばリアリティのない陳腐なお話になってしまうことがあるのです。その、小説にならないほど奇妙なことが、この島で僕の身に起こったのです。

これは明日が楽しみです。また奇妙なことが起こりそうだからというのではなく、それが起こったとして自分がどう小説化するかが楽しみだということです。

島での休暇生活も、残すところあと二日。

では、僕はこれから小説の方を書きます。うす気味の悪い偶然は、すべてそちらに封じ込めてしまいましょう』

ニセの手紙を書く男。

それはもちろん彼自身だった。

だが、その男の毎日をつづっているのもまた、彼だった。

島に着いた最初の日から、郵便局が閉まる夜七時頃までにニセの手紙を書き、それからサリサリ・ストアで買ったノートの上に、今度はニセの手紙を書く自分の生活を記していたのである。

だが、二日前の手紙の中で、彼はそのことを編集者に明かしてしまった。あの日、追伸という言葉で始まる短い手紙を、何枚かの便箋で厚くふくれた封筒とともに郵便局長に渡してから今日までの間、彼は小さな後悔を続けていた。すべて嘘偽りであるはずの手紙の中に、唯一の真実を挿入してしまったからだった。

それは取り返しのつかないことのように思われた。その追伸の一節を交点として世界が裏返る予感がしたのだ。手紙こそが真実になり、真実がニセになっていく気がしたのである。だからこそ昨日、体の輪郭が溶け去るように感じ、中心を失って浮き上がってしまう嫌な感覚を覚えたのだった。

そしてついに、その日の夕方、彼はマンガヤドのビーチで背中の曲がった男に出会ってしまった。自分が登場人物に、声をかけられたのだ。

それまで、彼はバンガローで日に焼けた体から皮をむき、波の上でジェットスキーに興じていた。

鼻の頭がむけかかっているのに気づいたのは、朝起きてバスルームの小さな鏡をのぞいた時だった。大家の雑貨店で買ったアロエ・クリームを毎晩肌に塗り込んではいたものの、日焼け止めのローションを使っていなかったから、早めに皮がむけ始めたのだ。それは彼独特の焼き方だった。

日焼け止めをこまめに塗るのは、三泊四日のグアム旅行みたいな性急なバケーションの時でいい。南の島でゆっくり過ごそうと思えば、背中にローションのムラがないか気にしていたり、砂の上に寝るのにとまどったり、思いつきで海に入るのを自分に禁じたりすることは出来ない。だから、自然に焼いてしまい、そのかわりシャワーの後で丁寧にクリームを塗る。柔らかく湿った肌がむけてきたら、どこもまだらにならないようにすべて取り去ってしまい、再び自然にまかせて焼く。それはまだ三十代前半だからこそ出来る、無謀な日焼け法だともいえた。

実際、鼻の頭からむけ出した肌は、あちこちでそばかすのようになり、いくらアロエ・クリームを塗っても取りきれなかった。肩の上ではじけ、ぽつぽつと穴の開いた茶色い皮も、なかなか全体には広がらず、彼は苦笑いしながら体をマッサージし続けた。一年前までは、皮はもっと簡単にむけたのだ。

それでも、一時間ほどかけると、なんとか応急処置は終わった。肩から背中までは赤くむけ、顔も中央部分だけはなんとか一枚皮が取れていた。バスルームの床にはよじれて黒ずんだ皮がばらばらと落ち、浮浪者が久しぶりに風呂に入ったような感じに見えた。

バンガローを出ると、風がひんやりとしていた。陽気のせいか、肌をむいたせいかわからないと思いながら角のレストランまで行き、ビタミンCをとろうと思い立ってオレンジジュースを頼んだ。

フィリピノ・ブレックファストには、油ぎったソーセージと焼きめしが付いていた。Tシャツの下でなおも皮をむきながら、朝食を食べ終え、それからビールの小瓶を持ってビーチに出た。

薄曇りの空の下には、人気《ひとけ》は少なかった。まばらに生えた雑草の上に腰を下ろし、ぼんやりと海を見つめた。頭上には小さな丸屋根があった。そこなら雨が降ってきてもあわてる必要がなかった。砂はすでに何度か降った雨を吸い、生成《きなり》色に染まって少し固かった。手で触れると、まるで小麦粉のようにぼろりと割れて崩れる。彼はその割れ目にビール瓶の尻を押し込んだ。

波打ち際を歩くのは、主に島の者たちだった。みやげの帽子を幾つもかぶり、売れ残ったバッグを両手いっぱいに下げた女。一匹の魚の尾をつかんで歩く少年。あるいは、早くも学校帰りなのか、それぞれにかばんを持って走り回る子供たち。誰もがみな、裸足《はだし》にサンダルをひっかけ、何度となく洗濯をしただろうTシャツを着ている。

彼はふと、東京を思った。そんな貧しい格好で歩く者など、もう東京にはほとんど一人としていないからだった。子供の頃には、周囲にまだ何人かいた。小学校の同級生がそうだったし、自分だってそう変わりはなかったのだ。裸足に汚い上履きをはき、一年前の夏と同じ半ズボンで過ごしていた。

もしもこの島の経済が豊かになったら、彼らは古びたサンダルで歩かなくなるのだろうか。彼はそんなことを考え始めた。砂浜に革靴は似合わないにしろ、今彼らがはいているようなサンダルは捨てられてしまうはずだった。椰子は切り取られ、高層ビルが建ち、アスファルトの道路があちこちに通る。

島は果してそんな豊かさを享受出来るのだろうか。考えにくい想像だったが、なんとかそのビジョンを頭の中で完成させてみようとした。南北問題が乗り越えられ、フィリピン全土が例えば日本のようになる日。島にいる者がみな、ある豊かさを獲得する時。つまり、彼らがすり切れたサンダルを捨てる未来。

だが、最後に脳裏に浮かんだのは誰もいない島だった。豊かになった彼らが捨てるのはサンダルではなく、都市化に適さないこの島そのものなのだ。日本の山奥の村から人がいなくなるように、彼らは島を離れ、大きな町に移り住んでしまうはずだった。やがて、島は椰子で乱雑に覆われ、砂浜は打ち上げられた海藻で黒ずむ。島は死ぬのだ。

それ以外に残った道は、島が一大リゾート地になることだけだったが、どちらにしても味気《あじけ》のない想像だった。そこに巨大なホテルが立ち並んだとしたら、二度と訪れたいとは思わないだろう。

「とすれば、俺は」

彼は思わずつぶやいていた。そこから先が言葉にならないよう、ビール瓶を口に押し当てた。彼らの貧しさをあてにして、自分は南の島を楽しんでいるに過ぎない。その当たり前の事実に気づき、気分が悪くなったのだった。

「ジェットスキー、しないか?」

声をかけてきたのは、中学生くらいの年齢の少年だった。サンダルさえはかず裸足のままで、Tシャツには大きな穴が開いていた。

彼は何も言わずに立ち上がり、顎で目の前のビーチをさした。少年はとまどい、別なことを言った。

「じゃあ、釣りしないか？」

彼はそれをさえぎり、もう一度顎をしゃくって横柄に答えた。

「ジェットスキーを、そこに持ってきてくれ。俺は今すぐ乗りたい」

自分が安いバンガローに泊まっていることも、蚊に悩まされながら眠っていることも、バスルームで洗ったTシャツを着ていることも全部嘘だと思った。結局は、ちょっとした節約旅行をしてみせ、南の島に順応したふりをしているだけなのだ。それなら、思いきり贅沢に遊び、金を落として帰りたい。発作的にそう考えたのだった。

少年はいったん彼を椰子の塀の中へ導いた。そして、ダイビング・ショップに入り、長い髪を後ろで束ねた店員に声をかける。店員は彼にわら半紙のようなものを渡し、そこに印刷された英語を読むように言った。事故が起きても文句は言わないという内容の誓約書だった。彼は適当にサインをし、そそくさと外に出て、少年を探した。

少年はどこにもいなかった。紹介料を稼いだ以上、そこにいる必要などなかったのだ。

店員は彼を呼び、ゴーグルとベストを着けろと言った。いらないと答えたが、少なくともベストは着けてくれないと困ると言われた。仕方なく、オレンジ色のそれを身に着けた彼は、店員に促されてビーチに向かった。

ジェットスキーにまたがり、キーを差し込んでエンジンをふかすと、しけた轟音《ごうおん》がして体を沖の方へ進ませた。雨が頬に当たっていた。スコールが来ていたのだった。

やけになった彼は腰を浮かせてアクセルをふかし、ジェットスキーをわざと波頭にぶつけるようにして走り出した。がくんがくんと体が揺れ、波にハンドルが取られた。あわてて大きく右にカーブし、バランスを取り戻そうとすると、遠心力で波の上に放り出されそうになった。

右足に思いきりの力を入れてこらえ、アクセルをふかし直す。しぶきが目にしみて前が見づらかった。店員が首にかけておいてくれたゴーグルを左手ではめ、全速力に近くなるジェットスキーの方向をひたすら一直線に保った。ビーチに沿って南から北へ。彼は猛スピードで走り、すぐに馬鹿らしくなった。

だが、それでやめても意味のないことだった。旋回して今度は北から南へ、なるべく波にジェットスキーを当てながら、彼はスピードを上げた。空中に浮かび上がる度、自分があの甲虫になったような気がした。

あの虫自身は、同じように何も考えていないはずだった。ただ風に乗り、波にのまれないようにしながら飛んでいるだけだ。飛び始めてしまったから、飛び終えるまでそうしている。単にそれだけの理由に違いなかった。

そう思うと、急に爽快《そうかい》な気持ちになり、かん高い声を張り上げてみたくなった。

いつの間にか、体中の筋肉が痛んでいた。ビーチに帰ろうと思い、ゆっくりとジェットスキーの方向を変えていると、指がふやけているのに気づいた。アクセルを握っていた右手の親指の付け根から、うっすらと血がにじみ出ていた。金属に当たっていた部分の皮がむけていたのだった。

砂浜に立つ長髪の店員の前まで来ると、彼はプカプカ揺れるジェットスキーを降り、借りていたゴーグルとベスト、そしてキーを返した。金はすでに払い終えていた。たった一時間で、バンガローに三泊出来る額だった。なにしろ、島には二台しかジェットスキーがなく、いわばそれが最高級の娯楽だったのだ。

「ロックンロールだったろ？」

店員は彼の背中に声をかけた。彼は答えた。

「さあね。エンジンの音でなんにも聴こえなかった」

店員は意味が伝わらなかったと思ったのか、彼についてきて言った。

「ジェットスキーでぶんぶん飛ばすのって、ロックンロールだよな？」

彼は面倒くさくなって、振り向いた。

「俺としては、かぶと虫になった気分だったんだけどね」

彼がそう答えると、店員は言った。

「いや、ビートルズっていうより、ストーンズって感じだと思うよ」

彼は唾《つば》を吐いて、また海に背を向けた。

その時、彼は妙に高いダミ声で呼びかけられたのだった。肩に触れる者がいて振り返ると、そこに背中の曲がった小さな男がいた。年齢はよくわからなかった。四十を超えていることは確かだったが、それ以上のことを推測する暇がなかった。男が親しげに何か言い、彼に魚を押しつけてきたからだった。

あっけにとられる彼にかまわず、男は背中のこぶを揺らすようにひょこひょこと歩いて椰子の塀の向こうへ消えていこうとし、突然振り向いて右手を上げると、また何か言った。

それきりだった。男は足早に去り、彼の手には青く光る魚が残されていた。

「あんた、ラッキーだな」

長髪の店員は、彼を追い越しざまにそう言い、背中の曲がった男が消えたあたりを指さしてささやいた。

「かぶと虫からのプレゼントだ」


バンガローのベッドに腰かけ、レリーフで飾られた棚の方を見ながら、彼は力ない苦笑いを浮かべていた。棚の上には魚が横たわっていた。すでに固く硬直した魚は尾を上にはね上げ、口を半開きにしていた。

そんな馬鹿馬鹿しい光景はなかった。どう扱っていいかわからない一匹の魚が、目の前にあるのだ。しかも、それは甲虫と呼ばれる男からの唐突な贈物だった。

男の背中は曲がっていた。ニセの手紙の中で作り上げた登場人物のように、その背中はずんぐりと盛り上がっていたのだ。男は彼が知り合いであるかのように親しく話しかけ、そして躊躇《ちゅうちょ》することなく魚をくれたのだった。

小説のために作られた虚構の手紙が、事実だけで構成されているはずの本文に襲いかかり、いまや真実になりすまそうとしている。

そんなおかしなことが起こり得るはずがなかった。ただの考えすぎだ。彼は自分に言い聞かせた。これは小説を書いている時特有の、変わった思い込みなのだ。

やがて、彼は魚を脇にどけ、少し生ぐさくなった棚板を利用して、その日の手紙を書き始めた。まるで仕返しをするように、彼は手紙の中に、自分自身が事実出会った人物を登場させようと考えていた。自分が得た地図を、手紙の中の男に分け与えたのと同じやり方で。

島での一日のほとんどを、彼は書くことに費やしてしまっている。

第八章

10月11日
火曜日

『この手紙も明日で終りかと思うと、名残惜《なごり》しくなります。あなたはほっとしているのかも知れませんが、僕としてはもっとこの島にいて時を過ごし、長い手紙を毎日書き続けていたい。そんな気持ちです。

さて、そんなわけで、今日は時間を惜しんでうんと早起きし、まだ日が昇る前のビーチに出てみました。

もやを含んだ肌寒い風が吹く朝。誰もいないバンガローの敷地内を抜け、遠くで鳴く鶏の声を聞きながら波打ち際へ歩いていくと、まだかすかな潮の香りが鼻先に感じられました。

僕はふと、小学校の遠足を思い出しました。人気のない静かな道路を歩き、バスの待つ校舎の横を目指した朝のことです。リュックをしょって集まる子供たちはみな無口で、半分眠っているようにも、期待のあまり何もしゃべれないようにも見えたものです。

湿った砂の上に座り、大きく息を吸うと、なぜそんなことを思い出したかがわかりました。遠足の朝、僕はいつでも悲しかったことに気づいたからです。緊張すると胸が痛くなるという性分もありますが、僕はどこかに移動しなくてはいけないことをひどく悲しむ傾向にあるのかも知れません。たった一日の遠足でさえ、耐えられなかったのですから。それも静かな朝の出発となると、特に。

その感覚が嫌で、僕は旅行を好まないのかも知れないとも思いました。なにしろ、行きと帰りの二回、僕らは必ず出発を経験しなくてはならないのです。一度の旅行で二重に悲しむというのは、実に不合理な話です。

おっと、まだ午後の三時だというのに、すっかり出発気分になっていました。気をとり直して、朝から昼、そして今までの話を書いていくことにしましょう。

薄暗い砂浜で時を過ごし、やがて現れた太陽の冷たい光を背にして海を見つめていると、まだ白い光はみるみるうちに波の上へと広がって溶け出し、あちこちでフラッシュのようにきらめきながら島全体を暖め始めました。風がほのかに生ぬるくなるにしたがってそこら中から人が現れ、春の訪れを知った虫たちを思わせます。

眠そうな足取りで子供たちは歩き、男たちは少し寒そうに背を丸めて行き交い、寝起き顔を恥ずかしげに伏せた女たちが荷物を頭に載せて移動します。遊び相手が起きたのを喜ぶみたいに犬は走り回り、海の浅瀬には小魚が何匹もはねていました。

長椅子に腰を下ろしたまま、僕はその朝の景色を存分に楽しみ、冷えた体を温めるためにコーヒーを飲もうとレストランへ出かけました。

そこには、まだ誰もいませんでした。湿気でところどころが曲がった床板を裸足で踏み、奥に入ってカウンターをのぞいても、つっきって向こう側まで行き、そちらにも固まって建っているバンガロー群を見ても、人影ひとつありません。

ところが、僕はなぜか誰かの視線を感じていました。何度も振り向き、柱の陰などに目を向けるのですが、やはり動くものはありません。それはまるで、昆虫になった僕の観察日記を付けているように、同じ距離からこちらを見続けている感じがしました。

気味が悪くなった僕はレストランを退散し、部屋に戻って帰り支度をすることに決めました。裏庭のロープに吊したTシャツや下着を取り込み、洗面所に散らかったクリームやら綿棒を整理し、幾つか買いそろえたおみやげを新聞紙にくるみ、小銭と札を分けて残りの金を計算する。まだ一日あるだけに、バッグに詰め込む順番が難しいところでした。

ちなみに、おみやげは喜んでいただけるという自信があります。土地ならではの、安くて（これは余計な言葉でした）かわいらしいものを見つけるのは、僕の得意とするところなのです。木彫りのトカゲが付いた籐の小物入れやら、平べったいカエルの灰皿やら、例の椰子の繊維で編んだピルケースなどなど。どれかひとつはあなたの物ですから、楽しみにしていて下さい。

それはともかく、作業のあいだにも、あの視線は僕にまといついていました。ガラスの内側の木のブラインドを閉めても、誰かが見つめているように感じるのです。もしかしたら、その視線は東京に帰りたくないと思う自分自身のものかも知れませんでした。帰ってしまう自分の背中を見つめるようにすることで、島にとどまる側の人間を演じている気がしたのです。つまり、僕は無意識的に分身を作ることで、帰らない自分というものを仮定してみたのではないでしょうか。

事実、その推測をした後では、見られている感覚がなくなっていました。もう一人の自分を作り出したくなるほど、僕はこの島になじみ始めているらしいのでした。

一時間くらいして、とりあえずの支度は終りました。バンガローを出ると、レストランから皿が触れ合う音が聞こえました。へこんだ腹を抱えた僕は走るようにし、従業員に挨拶するのもそこそこに着席してフルーツ・パンケーキを頼みました。もちろん、熱いコーヒーも一緒にです。長い時間待ってから、甘いパンケーキをたいらげると、従業員の一人がにっこり笑いかけてきました。

「明日、出発だね。ここはどうだった？」

僕はポットからコーヒーを注ぎ足して答えました。

「もちろん、最高だった。だけど、もっと長くいられたら、最高に最高だったと思うよ」

「最高に最高？」

従業員は声を出して笑い、その言葉を繰り返しながら、キッチンへと去っていきました。

部屋に帰る気がせず、僕はまたビーチに出ました。日は強くなり、波のあちこちを鏡の破片のようにきらめかせていました。目を細めてそれを見つめると、光の間から手を振っている者が見えました。

チャリでした。ボートに乗った彼は、まるで子供のように無邪気な挨拶をしていたのです。僕は顎を上げ、ボートに近づいていきました。チャリははげ上がった頭をなでながら、

「釣りに行くけど、乗らないか？」

と大声で叫びました。答えるかわりに、僕はそのままざぶざぶと波の中に入り、半ズボンの裾が濡れるのもかまわず、黙ってボートのふちに手をかけました。

振り返ると、チャリの店の前に立つ椰子で編んだ塀の間から、ロザリトが走り出てきていました。手に薄赤いビニール袋を持っているところを見ると、中にはエサのエビが入っているのでし

ょう。

三人を乗せたボートは轟音を立てて出発し、島の先を回ってプカシェル・ビーチの前を走ると、クロコダイル・アイランドを目指しました。僕はやはり黙ったまま、勝手に針の先にエビを付け始めました。もちろん、三人分でした。作業を終えて顔を上げた僕に、ロザリトが微笑みかけてきました。僕は軽く顎だけを上げ、そのままボートの先に移動しました。

ボート本体の両脇には、以前も書いたように板がわたしてあります。ちょっとした廊下みたいになったそれの上を注意深く歩き、僕はへさきの手前あたりで切れている板の端に腰をかけました。前には海以外何もありません。素足が波に当り、しぶきが上がります。海上一メートルくらいのところに浮かんだ自分が、まるで自力で海をかき分けて進んでいるようにも感じられ、魔法のカーペットに乗っている気分にもなりました。

ふと思いついて、僕はその場所に正座をしてみました。もちろんボートはスピードを変えずに走りますから、空を飛ぶ落語家みたいな格好になっていました。

チャリが後ろから何か声をかけてきていました。振り返っても笑うばかりで要領を得ませんでしたが、僕の格好がなぜかおかしいことに気づいてくれていたのはわかりました。チャリにつられて、ロザリトも笑い出しました。やがて僕も吹き出し、広い海の上に三者三様の笑い声が響きました。

その時、僕の頬をかすめていくものがありました。ブンと音を立てて去ったそれを、僕は背中をよじるようにして目で追いました。はるか後方に、小さな黒い点が一直線に遠ざかっていくのが見えました。

甲虫だったのだと思います。それは何ひとつ見えない方角に向かって、ただひたすらまっすぐに飛んでいるのでした。チャリとロザリトがまだ笑い声を立てている中で、僕だけが口をつぐみ、早くもかすんだ風にかき消えて見えなくなった甲虫の軌跡に目を向けていました。その沈黙はなぜだか、黒く硬い殻にきっちりと身を包んだ甲虫の無意味でまっしぐらな飛行ぶりによく似合っていると感じられました。

その日、チャリとロザリトはよく釣りました。十五センチくらいの銀色の細身や、少し赤らんだ幅広の魚が次々とかかったのです。それにひきかえ、僕はお気に入りの場所、つまり板の端に座り続けたせいか当りさえなく、二時間をぼんやりと過ごすばかりでした。そして、いざ引き返そうということになった時、まるでそれが決まった芸だというように、たぐり寄せた糸の先に付いた三十センチほどの魚を見つけたのでした。

それから、僕らはプカシェル・ビーチに寄って、昼食をとりました。メニューを考えるまでもなく、チャリがすべてを決めていました。僕は新米漁師として、喜んでそれに従いました。五分もすると、一枚の大きな皿に載せられたゆで魚と、ボウルに盛った炊きたての飯が運ばれてきました。魚には香辛料の混じったスープがかかっていました。

三人でそれを取り分けて食いながら、僕は彼らと出会ったことの幸せを味わっていました。そうでなければ、僕は退屈に時を過ごしていたに決まっていたのです。どんなレストランでも出なかった柔らかくみずみずしい米をかみながら、僕はチャリに感謝をしていました。

帰りの船の上では、帆を張るための古びた棒につかまったまま立っていました。少し強くなった風が顔に吹きつけ、目を細めていないといられないくらいでしたが、それでも僕は前だけを見つめていました。足元にはひからびた獲物が転がっています。彼らは魚を海水につけておくことがなく、平気で放っておくのでした。

小さな波でもボートは揺れます。僕は足をふんばってバランスを取り、時おり体を襲うしぶきをひょいひょいとよけながら、その海上での感覚をしっかりと楽しんでいました。足の裏から膝にかけて感じる波の抵抗感、腕や顔をなぶる潮風の匂い、そしてつむじにぴったりと焦点を合わせてくる太陽の熱。それらひとつひとつは東京でも思い出せますが、すべてが一体になってこちらを抱擁している感じは決して蘇《よみがえ》りようがないからです。

ボートは海の表面を切り、波を押し返すようにして進みます。白いしぶきの内側は透明で斜めに傾いており、その断面のような部分から海底が透けて見える様子は、なんとも美しいものでした。僕は大きな皮むき器に乗って、透明な果実の上を走っているような錯覚に襲われたほどでした。

やがてボートはビーチに帰り着き、僕はしぶしぶと浅瀬に降りました。ポケットをまさぐってボート代を出そうとすると、チャリがにやりと笑って首を振りました。そして、僕の釣った魚をさして、こう言いました。

「お前はもう魚で払ったじゃないか」

僕の顔はだらしがないほどほころんでいました。もちろん、ボート代が浮いたからではありません。チャリはさらに言いました。

「明日も漁に出るかい、漁師くん」

深いため息が出ました。少しうつむいて僕は答えました。

「明日、僕は帰るんだよ」

チャリはそうかとうなずき、いかりを扱っているロザリトに何か声をかけてから、僕に言いました。

「今夜、店においで。この魚で最後のディナーをしよう。もちろん、その分は払ってもらうよ」

僕は目を上げて、チャリを見ました。焦げ茶色に染まった彼の顔は静かに笑っており、しわの奥にある小さな目がおどけているのがわかりました。

そんなわけで、今日はチャリズで最後の晩餐《ばんさん》です。自分で釣った魚を料理してもらうのですから、おいしくないわけがありません。

そして、夕食後はジョセリンの出るショー。昨日の言葉を信じるなら、そのダンスは僕のために踊られます。

本当に、この島に来てよかった。そんな平凡な実感がわき出ると同時に、帰りたくないという気持ちが強く僕を縛ります。

明日はもっと早起きして、今夜の出来事を最後の手紙に書こうと思います。隣の島から出る飛行機は朝の九時に離陸ですから、七時半にはバンガローを出なくてはなりません。とすると、郵便局へは六時半です。いくらなんでも、局長は出勤していないでしょうね。

この手紙を出すついでに彼に挨拶し、明日の朝、カウンターの上に封筒を置いておくからと伝えるつもりです。こんなに熱心に郵便を利用する客も珍しいから、彼も喜んでくれると思います。

それでは、明日。最後の手紙で会いましょう。


そうそう、あの〝ニセの手紙を書く男〟の小説ですが、さっき思いついて、男が一枚の絵葉書を送ろうとすることにしました。嘘を書き送ることに疲れた男は、島で買った絵葉書を見てすべてを白状したいと考える。それは波の上を飛ぶ甲虫の写真をプリントした絵葉書です。

太陽の光で変色した厚い紙の上に、男はこんな一文のみを書こうと考えます。

『私は波の上の甲虫など見たことがありません』

そして、男は便箋に波の上を飛ぶ甲虫のエピソードを書き記し、署名をしていないその絵葉書と一緒に東京に送るはずです。どちらが嘘なのかわからないようにして。

もちろん、そんな絵柄の葉書なんか、僕はそれこそ見たこともありませんけどね。

ともかく、小説の方はそうやって幕を閉じていく予定です』

彼が嘘に疲れていたのは事実だった。それを毎日作り上げ、書き送ることに熱中しすぎて、島を楽しむ余裕を失ってしまったように感じていたのだ。

翌日の出発を控えて、彼はノートを最初から読み直してみた。島にたどり着き、ゲッコーズ・サンセットに泊まってからの八日間、彼がしたのは島一周とローレル・アイランドへの移動、そしてジェットスキーくらいのものだった。

むろん、南の島ですることなどそうそうはないし、むしろ何もしないことをこそ楽しむために来たのだったが、彼は本当には完全なリラックスを味わっていなかった。常にいらだちながら、日々を暮していたように感じられるばかりなのだ。

それにひきかえ、書き続けてきた手紙の中では、自分は島を十分に楽しんでいた。郵便局から東京の編集者に向けて送ってしまった以上、何を書きつけたかは細かく思い出せなかったが、そこには自分の望むバケーションの姿があったように彼は感じた。

昼前に起きてバンガローを出た時、マリアたちの部屋をちらりとのぞき込んでみた。あまりに静かで、もう島を旅だってしまったのではないかと思わせるほどだった。緑と白の縞のある大きなバスタオルだけが、彼らの滞在を教えていた。

前夜、マリアに耳打ちをされていた。あの魚を捨てようとして、裏庭に出た時のことだった。彼女たちはそろそろ他の島へ移動しようと考えていると言い、その前に一度デートをしたいのよと笑った。アランはベッドであたしを叩くの、と顔をしかめもした。そして、優しくしてくれる男が好きだと彼の頬をなで、そのままテラスに戻って椅子に腰を深く下ろしたのだった。冷たく見下すような目つきで、今夜ねと付け加えながら。

裏庭に捨てた魚は、もう見当らなかった。あたりをうろつく猫が持っていったに違いなかった。さて、今日一日をどうやって過ごそうか。彼は煙草に火をつけ、道の中央に盛り上がった椰子の根を踏み越えてビーチに近づいていった。

様々な国の朝食を用意するあの店で少しだけ迷い、結局またフィリピノ・ブレックファストを選んだ。翌日、島を出るのは午後一時過ぎでよかったから、もう一度ゆっくり朝食をとる時間はあったのだが、やはり来た国の料理をより多く食べておきたかった。

パンを残したのは前夜の酒のせいだった。バンガローで今日投函する手紙を書いているうちに、ワインを二本半空けていたのだ。それで彼は食事の後、ミネラルウォーターを一本頼み、三分の一ほどをがぶがぶと飲んでから、ボトル片手にレストランを出た。

まぶしい砂浜の上を歩くと、めまいがした。強くまばたきしながら、体の平衡を取ろうとする。だが、平衡どころか、体が存在しているという確かさも消えかかった。皮膚は熱い太陽の光に溶かされ、内臓がばらばらに動いているような気がした。胃の中で揺れる水の感覚だけが、存在の中心としてあった。

波打ち際まで行くと、くるぶしまで海にひたした。寄せたり引いたりする波が巨大な重力に感じられ、倒れてしまいそうになった。あわてて引き返し、濡れた砂の上に座った。目を閉じて、ボトルのキャップをひねった。暗いまぶたの裏に、ちかちかした赤や緑のもやが現れた。ぼんやりとしたもやのあちこちに、はっきりした色の粒があった。それが溶けたアイスクリームの上に散るトッピングのように思えた。

冷たい水は喉を通り、腹の中に落ちた。目をつぶったままなので、その水の動きがひどく大きく感じられた。波の音が腹で揺れる水に同調し、体の中心に海があるような気がした。太陽も月もない、永遠に闇しかない海。閉鎖された胃の海にいるのが、一瞬自分であるように思え、あわてて目を開けた。

彼の体は誰かの影の中にあった。その誰かはおだやかな声で話しかけてきていた。

「馬、乗るか」

振り返ると、やせた老人がいた。赤茶色の縁の眼鏡をかけ、オレンジのシャツを着ていた。ズボンはすすけた濃い赤で、籐で編んだ帽子をかぶっている。答えない彼にかまわず、老人は話を進めた。

「いい馬。よく動く」

首を後ろに向けているのに疲れ、彼は波の方を見た。老人は彼の横に腰を落とし、同じく波に目をやりながら、貝を拾った。その貝で砂に字を書き始める。

EGLYという四文字を自分で確かめるように見てから、老人は俺の名前だと言った。彼はいい名前だと答え、それから馬の名前を聞いた。すると、老人は笑って首を振った。

「名前がないのか？」

そう言うと、老人はもう一度笑い、

「書けない」

とだけ答えた。

馬はジョデデという名前を付けられていた。彼は指で砂を掘り、JODEDEと書いた。

「これがあんたの馬のつづりだよ」

うれしそうに顎を上げてから、老人はその六文字を指でなぞった。どうせ覚えはしないのだろう、と思った。おそらく六十年以上をかけて EGLY のつづりを覚えたのだろう老人が、今さら馬の名前など苦労して書く必要がない。

「山でも海でも好きなところに行っていい」

老人は文字を見ながら、馬乗りの話に戻った。どこにジョデデがいるのかと聞くと、首をねじ曲げて後ろを見、一瞬迷ってから曖昧にどこかを指さした。嘘を言っているのか、それともあまりに正確に答えようとして方角を見失ったのかわからないやり方だった。

「僕は今、気分が悪いんだ。馬に乗る気がしない」

そう言うと、老人は心配そうに彼をのぞき込み、

「悪いのか？」

とささやいた。適当にうなずく彼に、老人は言った。

「それなら、馬が必要だ。歩かなくてよくなる」

彼は思わず笑った。

「僕はバンガローとビーチの間しか移動しない。だから、馬は必要ないんだよ」

すると、老人はもっともだという顔をして深くうなずき、そのすぐ後で表情を明るくして彼の

後ろを指さした。

「ジョデデが来た。あれがジョデデだ」

指の先を見ると、こちらに向かってビーチを一直線に走ってくる馬がいた。金髪の少し太めの女を乗せた馬は、足元に均等の量の砂を浮かせながらすさまじいスピードを出していた。さっき老人が曖昧な方角しか示せなかったのは、馬が移動中だったからだと知り、彼は苦笑した。老人は予約を取ろうとしていたのだ。

「ジョデデは速い」

老人は自慢げにそう言い、近づいてきたジョデデを微笑みながら眺めやった。

「なぜ、なぜなのよ⁉」

金髪の女はたづなを引きながら大声で叫んでいた。ジョデデはいっこうに止まる気配を見せず、彼の後ろを走り過ぎた。

「ねえ、どうしてなの⁉」

女の金切り声はジョデデが砂浜を叩く重い音とともにあたりに響き、そのまま遠のいていく。

「違う、違うのよ！」

ジョデデはどこからか、右に折れてバンガロー群の方へ消えた。老人は何も言わずに立ち上がり、ゆっくりとジョデデの後を追い始めた。彼はそれを見送り、老人の背中に向かって言った。

「いい馬だ」

しばらくすると、あまりの暑さでビーチにいられなくなった。だが、すぐそばのレストランで休む気はしなかった。最後の一日を無為に過ごすのは嫌だった。椰子の塀の内側に入った彼は、幾つものレストランをやり過ごしてから、適当に右に曲がってあの狭い幹線道路に出ようとした。幅二メートルもない道はでこぼこで雑草だらけだった。彼はすぐ民家の中にまぎれ込み、どこをどう歩いているかわからなくなった。裏庭らしき場所を抜け、ようやく道にたどり着いたと思うと、また民家の裏庭に出る。

広々としてぬかるんだ空間をつっきったり、高床式《たかゆかしき》の家と家の間をすり抜けたりするうち、不気味なほどあたりが静かなことに気づいた。波の音は聞こえず、どこの民家にも人の気配がなかった。時折、鶏がコッコッコッと鳴く声がするくらいで、後は静寂そのものだ。

彼は何かが起こるのを期待していた。それがどのような何かかは自分でもわからなかったが、少なくとも島に来た意味を感じたかった。進んで狭い道を選び、草高い方向を選んだ。

途中、ただの空き地に豚がつながれていた。椰子の根に紐でつながれ、白くよく太った豚は耳をひくつかせながら眠っていた。周りに黒白のぶち模様の子豚が歩き回っていた。子豚たちは彼を見上げ、近づいていくとよちよちと逃げた。

壊れたトライシクルのサイドカーに乗った子供にも出会った。その三歳ほどの男の子は一人で座席に座り、動くでも騒ぐでもなくただぼんやりと前を見ているばかりで、通りかかった彼になんの注意も向けなかった。

あるいは、小さな椰子の実を集めて捨てた場所で子やぎを見た。子やぎたちはあの豚と同じく椰子につながれ、目の前を飛ぶ蠅《はえ》に翻弄《ほんろう》されながら、互いの腹をこすり合わせていた。

やがて、トライシクルの通る道に出てしまった。何も起こりはしなかった。ひたすら静かな村の中を歩いてきただけだった。彼は残りの水を飲み干し、空のボトルを脇のゴミ捨て場に投げ出して、道路の上を南に歩き出した。行くあてはなかった。

右手は小高い山のようになっていた。椰子はあまり生えておらず、しけった土の上に様々な植物が貼りついている。左手には雑草がおい繁り、その向こうに椰子がそびえていた。店のかげはなく、時たま看板が立って、奥にバンガローがあることを教えているばかりだ。

しばらく行くと、ようやく店のかたまりが現れた。八百屋の店先で子供のおもちゃのような小さな大根を手に取り、ひねこびた芋らしきものをためつすがめつ見た。黙り込んでいる店のおやじに顎を上げて挨拶し、また歩き始めた。

毒々しい色のついたジュースやら、箱の表面が変色しきったカメラのフィルムやら、椰子の実から彫り出した牛の頭の形をした灰皿。極彩色の看板の下、あらゆる店が同じようなあらゆるものを売っていた。

その中で、彼はおかしな建物を見つけた。間口が広く、物を売っているようには見えなかった。近づき、看板を見て驚いた。ボウリング・レーンと書いてあったからだった。

迷わず中に入った。電灯ひとつついていない暗い室内には、五つのレーンがあった。だが、誰もいなければピンもボールもなく、右手に茶と白のぶち犬がつっぷしているだけだ。彼は床がきしまないように注意して歩き、レーンに近づいた。積もったほこりの上に裸足の足跡がつき、なぜか自転車の轍《わだち》があった。

ひんやりした空気の中で、ふとローレル・アイランドのことを思い出した。にぎやかだった時代の後の、さびしく哀れな景色がそこにもあったのだ。ただ、五つの空疎なレーンからローレル・アイランドの狂気を感じることはなかった。心地よい虚《うつ》ろさといってよかった。子供時代に楽しんだ鉄道模型を偶然物置で見つけてしまったような、そんな懐かしさに似ていた。そのまま形を残していたことへの感心と、もはや何も動かないことの静かさ。それらがあわさって、ボウリング場は彼を釘づけにした。

床がきしんだ。誰かが来たのだと思って、びくりとした。それは自分が立てた音だった。犬が起き出して吠え始めた。彼はまた注意深く歩き、ゆっくりとその場を後にした。

狭い道に入り、ビーチ側に歩くと、すぐにレストランがあった。そこでラムを入れたパパイヤジュースを飲み、スパゲッティを食べることにした。ボンゴレに入っていた小エビと貝はくさみが取れていなかった。それでも、彼は五分もしないうちにすべてをたいらげていた。

海に目を向けるだけで、光に目をやられるくらい、太陽は強く照っていた。彼はウェストポーチから折りたたんだ便箋とボールペンを出し、書きかけた手紙を読み始めた。

そこには起きもしなかった朝のことや、買いもしなかったみやげのこと、あるいは会ったこともないチャリやロザリトのことが書いてあった。彼はボールペンを握り、手紙の締めの部分を書いてしまうことにした。それはこの島で書き出した小説をめぐる短い文章だった。

彼は最後まで書き終えて、急いで封をした。そして、郵便局まで歩いていこうと立ち上がりながら、明日のたった数時間が本当の自分の時間だと思った。ニセの手紙の中の男が島を発ち、自分だけが残る数時間の時間差。

そこで初めて自分は解放されるのだとさえ感じ、彼は足取りを速めた。そう感じてみると、翌日が待ち遠しくなる気がした。馬鹿らしさに苦笑しながらも、やはり晴れやかな気分を味わい、マリアに会ったら誘惑をしてみてもいいと考えていた。

だが、十分もしないうちに、足取りは鈍くなった。暑さのせいもあったが、ふとあることを考え始めたせいでもあった。

もしも、自分が絵葉書を買い、そこに『私は波の上の甲虫など見たことがありません』と書き送ったらどうなるのだろう、と思ったのだった。

毎日手紙を受け取っている編集者は、ひどく混乱するはずだった。その絵葉書を出すのは、あくまでもニセの手紙の中で書かれていることになっている小説の主人公なのだから。つまり、それは嘘の中の嘘の世界から届く葉書なのだ。

面白い。郵便局に着いたら、そこですぐに波を写した絵葉書を買い、甲虫の絵を描き込んで送ろうと彼は考えた。

だが、行為としてみれば、それはニセの手紙を真実らしくしてしまうことにしかならなかった。彼が絵葉書を書けば、嘘の中の嘘である世界に自ら入ってしまうだけなのだ。

彼はそれに気づき、思いつきの実行をあきらめた。自分が書いてきた嘘に、それ以上縛られるわけにはいかなかった。

それなら、と思った。郵便局で追伸を書いて、これまで送ってきた手紙がすべて嘘だったことを匂わせてやろう。そして、手に入れた島の地図を明日送りつけるのだ。それを見さえすれば、ボラカイ島にチャリズなどという店はなく、ストーン・マシンと名づけられたバンガローがないことはすぐにわかるはずだ。

彼は再び足取りを速くした。

それでも自分が書いた嘘から逃れられないことに、彼は思い至らなかった。嘘を白状しようとするのは、ついさっき手紙に書いた通りのことだからだった。

だから、彼はもうそれ以上書くべきではなかったのだ。

嘘の世界にのみ込まれたくないのなら。

『追伸
明日の手紙で重大発表をすることになると思います。
ジョセリンとの結婚？
それとも、島に永住してレストランを経営？
ともかく、すべては明日。
それでは』

第九章

10月12日
水曜日

これがチャリズだろう、と思った。暮れ始めた紺色の空の下に椰子ぶきの丸屋根があり、その向こうには幾つかのテーブルが盛り上がった砂に突き刺すように置かれ、アセチレンランプのまばゆい光に照らされていた。最も右手のテーブルだけが掘立小屋の屋根の下にあったが、おそらくそこがＶＩＰの席で、その夜自分がディナーを楽しむ場所だろうと思われた。すでに白い皿が置かれ、一匹の魚が料理されていたからだった。

彼をその店へ導いたのは、生地があちこちすりきれた大きなランニングシャツに半ズボン、という普通のいでたちをした少年だった。

前日の夕方、郵便局で手紙を投函した後、彼はいったんビーチに出て、それからふと北の方へ歩き出したのだった。ニセの手紙の中の男が住んでいることにした場所を、最後の機会にのぞいてみたいと思ったのだ。

いつか感じた恐れはもちろんまだあった。背中の曲がった男に出会ってしまった以上、それは以前より大きいはずだった。だが、夕日のオレンジ色が溶け込んだ波を蹴《け》り、砂をえぐりながら歩く彼は、口笛を吹き、にこやかな顔をしていた。何があろうと自分はその翌日に島を去る。その事実が彼を妙にあっけらかんとした気分にしていたのだ。

十分ほど浜辺を行くと、右手に作りかけらしきレストランがあった。ポリエチレンで出来た資材入れの袋が並び、不揃いの長さの木材が何本となく散らばっている。手前に大きな穴が掘ってあり、燃やされて黒く染まったゴミが山盛りになっていた。彼はまだ骨組みだけのその建物に近づき、首から下げた小さなハロゲンライトの電灯をつけた。

淡い霧のような、しかし十分に光量のある光は、組み立てられた木材のあちこちについた焦げ跡を照らし出した。中をのぞき込むと、煉瓦《れんが》を敷いた床が使いこまれたものであることがわかった。建物は作られているのではなく、火災で燃えてしまった後なのかも知れないと思った。

だが、妙なことに、焦げ跡のついた木材自体は新しいものだった。おかげで、建物が壊されている途中なのか、作られている過程なのか全くわからない。なおも電灯を振ってあちらこちらをのぞいた。

ベールのような光は、やがて一人の少年の上半身に投げかけられた。少年は建物の奥にいて、骨組みの間からこちらをじっと見ていた。二つの目が光った。彼はびくりと動いて、電灯の位置をずらし、あわててその場を去ろうとした。焼け跡から何かを盗む現場を見てしまったように思ったからだった。

そそくさと歩き出す彼の背中に、少年は親しげな声をかけた。そのまま歩き去ってしまえばかえって気まずいと思い、彼は建物から遠ざかりつつ振り返った。少年はすでに建物の外に出ており、彼の方に向かって小走りになっていた。

「ディナー？」

少年はうれしそうに笑い、ビーチの北を指さした。彼は首を振り、いいやと答えた。すると、少年はフィッチュ、フィッチュと言った。再び首を振り、少年に背を向けて歩き出した。相手が客を引こうとし始めた以上、建物の中でのことは忘れてしまってよかった。彼らは単なる客引きと客の関係になったのだ。

彼はしかめつらをし、少年を追い払おうとかたくなに下を向いた。すると、少年は彼の腕に触り、それから沖をさしてこう言った。

「お前、釣ったフィッチュ」

意味がわからず、少年の顔を見た。少年はひょいと体を動かした。暗い足元に割られた椰子の実が捨てられているのがわかった。その視力に驚いていると、少年はにっこりと笑って繰り返した。

「お前、釣ったフィッチュ、ディナー」

起こるべくしてそれは起こったと思った。一度大きく息を吸ってから、彼は少年の名前を口に出そうとし、だが別なことを言った。

「俺が今日の昼釣った魚か？」

少年はくいっと顎を上げ、

「ディナー」

と、尻上がりの語調で言った。

まるで何度も見たことのある夢の中にいるような、安らかな気持ちさえ感じられるのが意外だった。ふいにその少年の体つきが懐かしく思え、彼はぴったりと歩調を合わせて歩きながら、低い声で言った。

「明日、俺は東京へ帰るんだよ」

少年は答えなかった。ただ一言、

「トウキョウ」

と反復してみせただけだった。彼はかまわずに続けた。

「今日は最後の夜なんだ。せっかく君たちに出会えたっていうのにさ。出来れば、明日から毎日釣りに出て、一緒に遊びたかった」

少年がロザリトであるかどうかなど、知りたくなかった。ただの客引きであってくれてもよかった。少年の英語がうまくないために誤解が生まれ、お前が釣った魚でディナーだと言ったように自分は解釈しているだけなのかも知れなかった。

誤解がとけることを恐れるように、彼はしゃべり続けた。

「手紙を書いて郵便局まで行くことだけが、俺の日課だったんだ。信じられるか？　こんな島に来て、一日の半分をバンガローに閉じ籠《こ》もって暮してたんだ」

少年は適当にあいづちを打つことさえせず、じっと遠くの一点を見つめるばかりだった。

テーブルに着いてビールを頼むと、はげ上がった太めの中年が近づいてきた。チャリに違いない、と思った。やはり名前を聞かずに挨拶だけをし、男からビールを無造作に受け取った。男は飲めと仕草で示し、キッチンのある小屋の方へ戻っていった。

よく冷えた小瓶を唇の間に突っ込んでから、彼はようやく周囲の誤解を恐れる気になった。もう一人の自分に出会うことが恐ろしいというのではなく、ただ単に魚のディナーを予約していた者が現れた時の面倒を、思ったのだった。

もう一人の自分なら今は現れるはずがない。と彼は確信していた。そんな非現実的なことが起こるとは思えなかったのだ。誰かと間違われ、しかも間違えている者たちはみな、彼が書き続けてきたニセの手紙の登場人物そのものだというのに、もう一人の自分に出会うことだけを唯一あり得ないことだと感じていたのである。

もしかしたら、彼はもっと不思議なことを無意識に考えていたのかも知れなかった。つまり、手紙の中の男が現れるはずがないのは、その男が今自分のバンガローにいるからだ、と。

やがて、彼は思いきって皿に手をつけることにした。間違えたのはチャリらしき男たちなのだし、自分は魚を一匹食うだけなのだ。それが誰の釣ったものだろうと、たいしたことにはなるまいと思ったのだ。

彼は揚げた魚に煮汁をかけたものを崩して、よくしまった白い身を口に運んだ。甘くさっぱりしていた。独特のくさみは香辛料のせいかも知れなかった。添えられた米をスプーンですくい、すでにあらかた飲んでしまっていたスープにひたす。

わずか十分足らずで食事は終わってしまった。チャリらしき男は丸屋根の下で彼に笑いかけ、顎を上げた。皿を示して深くうなずいてみせると、男は釣りの真似をし、親指を立てた。彼は当たり前のように、またうなずいた。

丸屋根の向こう側が騒がしかった。立ち上がって回り込んでみて、彼は驚いた。いつの間にか、そこに島の人間が二十人以上集まり、間に合わせの台に置かれた小さなテレビに見入っていたのだった。

ビールやラムの小瓶を持った男たちや、乳飲み子を抱いた女たちは、椰子の根や砂の上に腰を下ろして静かにテレビに目を向け、時々いっせいに笑ったり、何か叫んだりする。ブラウン管の青白い光は彼らの体を一様に染め、まるで血の気のない人間たちのように見せていた。

彼はカウンターに肘をつき、中にいた若い女の子に向かって声をかけた。

「そこのラムはいくら？　その中くらいの瓶」

アルマという名前がふさわしい女の子は、

「トゥエンティー・ファイブ」

と、はにかむように答えた。ポケットから百ペソ紙幣を三枚出し、彼女に渡そうとした。彼女は紙幣をじっと見て迷い、それからぱっと顔を明るくして彼に目を向けた。

「トゥエンティー・ファイブよ」

今度は彼が迷い、周囲の男たちに笑われて、ようやく間違いに気づいた。ラムは二百五十ペソではなく、たった二十五ペソ、つまり百円程度だったのだ。ポケットからしわくちゃの十ペソを三枚出し、彼はその素晴らしく安いラムを買って、発光するテレビに近づいた。

幾つか出された白い椅子の中には、一人だけ白人の青年もまざっていた。青白い光は肌の色を隠してしまっており、おかげで青年は彼ら土地の者にすっかり溶け込んで見えた。おそらく、自分の顔も青白く染まっているのだろうと思い、彼はラムのキャップを開けて、あくの強い液体を口にふくんだ。

テレビは欧米のＳＦコメディらしきものを映し出していた。英語がわからないはずの島の者たちがその画面を食い入るように見つめる姿には、不思議な集中力があった。テレビの中の半裸の女が、奇妙な形をした宇宙人風の男に口説かれ、キスを迫られると、島の女たちがわざとらしい笑い声を上げた。恥ずかしさをごまかすようなその笑いにひきずられて、男たちも笑った。

肩を叩く者があった。きついラムでぼんやりした頭を後ろにねじると、あの背中の曲がった男がいた。体の前面を青白くしたまま、男は口の端を持ち上げて微笑み、持っていた椅子を彼に示した。座れというのだった。

「サンキュー……サー」

彼はやっとのことでそう言った。背中の曲がった男は太い眉を上げながら、顎を突き出し、そのままカウンターの脇に行ってテレビに目を向けた。島の者たちの楽しそうな騒ぎ声がわき上がり、椅子に腰を下ろした彼の血の気の失せた体を包んだ。

テレビに興じる島の男女はみな、彼を沈黙のうちに受け入れていた。彼らは時おり盗み見るようにして彼の様子をうかがい、優しく微笑んだ。煙草をすすめてくれる老人がおり、ラムを入れるグラスを貸してくれる男や、そこに氷を落として去る女がいた。

彼は島に来て初めての、本当の満足を味わっていた。手紙の中の男から幸福を盗むようにして、彼は椅子の上に座り続けた。

長い時間そこにいて島の者たちと過ごした後、彼はチャリと思われる男やロザリトと呼ばれるべき少年、そして背中の曲がった男に別れの挨拶をした。

「また来てくれ」

チャリらしき男は、まるで彼がいつまでも島にとどまっていると思っているような調子で言った。彼は低くしっかりと答えた。

「いつかまた、必ず」

テレビから漏れる光をひきはがすようにして、彼はビーチを南に歩き出した。振り返ると、背中の曲がった男はまだ彼を見送っていた。

左手にビニールを貼った塀が見え、中から音楽が聞こえていた。薄ぼんやりとした視界の向こうで、何人かの人間が同じ動きをするのがわかる。民族舞踊ショーだ、と思った。

恥ずかしげに下を向いて踊るかわいらしい女を見、隣の席のフランス人カップルから譲られたマンゴーを頬張っているうちに、彼は意識を失いかけた。

時々、ふと我に返った。ラムはすでに半分以上なくなっていた。

ジョセリンと名前を呼んでいる自分がおり、そう呼ばれて悲しそうにこちらを見る女がいた。大きなバンガローの裏手にある椰子の下で、その女の子の肩に触れ、キスをしていた。

彼女はおみやげだと言って、椰子の繊維で編んだ小さな卵型の物入れを、彼に渡した。中に住所を書いた紙が入っていると言われた。

女の子は泣き、か細い声で、彼が好きだとつぶやいた。それから、彼女を抱き寄せようとする手を優しく払い、長い時間彼の目を見つめ続けた。

トライシクルが走る道路までついてきた彼女はどこへ行くのかと聞いた。答えようがなく、東京とだけ答えた記憶があった。

翌朝、彼はいつものバンガローで目を覚ました。頭蓋骨《ずがいこつ》の中心が痛み、目がかすんでいた。あわてて時計を見ると、九時を過ぎていた。

灰皿に吸いかけの葉巻があった。彼はベッドの上で眉を寄せた。バンガローを間違えたのかと思い、痛む頭を振って部屋中を見た。自分のTシャツがあり、日本の煙草があり、サングラスがあり、水着があった。

ジョセリンにもらったのかも知れないと思いかけ、すぐに前夜のことを疑った。ジョセリンという女に会ったはずなどないのだ。だが、枕元にはあの卵型の物入れが転がっていた。ふたは開き、中が見えていた。何も入っていなかった。どこかで自分が開け、中の紙を落としてしまったように思った。

立ち上がって棚の上のミネラルウォーターの瓶をつかむと、残っていた水を一気に飲み干した。生ぬるかった。

彼はバッグからノートを取り出し、そこに走り書きを始めた。覚えていることをすべて書いておきたいと思ったからだった。

はっとして、もう一度時計を見た。手紙の中の架空の男は、もう島を発っているはずだった。この島には自分しかいない。そう思うと、空虚な感じがした。ペンが手から落ちた。

自分は手紙の中の男を生み出し、そして消してしまった。男から最後の夜を奪い、朝早く船に乗せて島から追い出した。彼はそう思い、男とともに暮してきた九日間を振り返った。

走り書きはいつか、本格的なものに変わっていた。彼はとりつかれたように文章を書き、一段落すると、休むこともなく便箋を取り出してから少しためらった。これ以上ニセの手紙を書きたくないとも思ったし、書かなければ男に呪《のろ》われるような気もした。

その最後の手紙を書き終えたら、郵便局に行ってノートも送ってしまおう、と彼は考えていた。それを携えて東京に帰る気がしなかった。架空の男を島から送り出したように、自分のもとから手放してしまいたかったのだ。

架空の男が消えた島で、彼はニセの手紙を書き始めた。それさえ終えれば、もう二度と自分と誰かの区別を失うことはないはずだった。

だから彼はむしろ、一刻も早くノートを手放してしまうためにこそ、ペンを走らせたのかも知れなかった。


『この最後の手紙を、僕は真夜中に書いています。

今夜あったことを書く前に、重大発表の方を先に終えておこうと思います。これまで僕が書いてきた小説を、この手紙と一緒にあなたに送ります。

ほんの数時間前までは、ただあなたを驚かせようと思っていただけでした。バケーションのあいだに書き上げてしまった小説を送られる編集者はどんな気持ちになるだろう、といたずらな気分だったのです。

けれど、今は違います。呪われた仮面を人に譲ってしまいたいと思うような気持ちで、僕は明朝ノートの入った袋を郵便局に置いてくるのです。局長には話をしてあるので、必ず届くでしょう。

ただ、その話の時、僕はとんだ計算違いに気づきましたけれど。局長いわく、手紙が島から東京まで届くには、ちょうど十日間かかるのだそうです。つまり、僕が帰り着いたその日に、一番最初の手紙があなたのもとに着くのでした。そう考えると、僕の九日間が幻だったような気がしてきます。なにしろ、島暮らしのあれこれを毎日報告する僕は、すでに東京にいるんですからね。

幻はそれだけではありません。ついさっき、実際僕の身の上に起こったのです。

郵便局で手紙を出してから局長と話し込み、僕は一時間ほどを費やしてしまっていました。日付でいえば、昨日の夕方のことです。

外で夕焼けが始まったので、僕はあわてて局長においとまをし、道路に出ました。そして、ちょうど通りかかったトライシクルに乗って、マンガヤドへ出かけたのです。以前マンガヤドの中心にあるみやげ物屋で見た、小猿の頭蓋骨付きの刀入れがどうしても欲しかったからでした。

そんなグロテスクなものを欲しがったせいかも知れません。トライシクルはマンガヤドの手前でガス欠を起こしてしまい、僕はそこから歩かなければならなくなりました。

どうせならと僕は道路からビーチに抜け、巨大な雲のわき上がる空を見ながら、波打ち際を南に向かいました。やがて、椰子で編んだ高い塀が現れ、目指す店が近いことを告げました。僕は適当な場所から塀の内側に入り、あちこちでともり始めたランプの光の中をなおも歩きました。

声をかけてきたのが、その女の人でした。彼女は端正な顔立ちのフィリピン人で、明らかに娼婦とわかる短いワンピースを着ていました。シャーリング加工でくしゃくしゃに見える生地には、オレンジと黒と茶が入り組んだ模様がプリントされ、実に派手なものでしたが、それよりも彼女の持つ雰囲気自体が華々しいものでした。

長く伸びて光る髪や口紅を厚く塗られた唇、あるいは大きな目やすらりと通った鼻筋。そのどれも美しいものでしたが、それら部分の組み合わさったバランスが見る者をひきつけてしまうのです。

「どこに行ってたのよ?」

彼女はそう言って、僕の肩に手を置きました。悪い冗談だと思い、僕はこう答えました。

「きっと、誰かと間違えてると思いますよ」

すると、彼女は小さく笑いました。ひどく酔っているのは、酒くさい息とうるんだ瞳でわかりました。

「あたしのあの男なら、イギリス人のところでポーカーに狂ってるわ。だから、あたしはあなたとデートするのよ、ハートのキングちゃん」

僕は彼女の細い脚を見つめ、それからへどもどして言いました。

「君とデート出来るのはうれしいけど、僕は明日帰るんです。だから、おみやげを買っておかなきゃならない」

「おみやげ？」

そう言って彼女はあきれたように肩をすくめました。僕も我ながら子供じみていると思いました。女の人からの誘いを断るにしては、あまりに馬鹿らしいせりふでした。

彼女は僕の腕を取り、おみやげのことが冗談だと決めているように、さっさと歩き出してしまいました。僕はしっかり対応しようと思い直し、彼女の目を見て口を開きました。

「ええと、君、名前は？」

そう言ってから、はっと息をのみました。いつか酔った白人青年のことを書きましたが、同じように僕は小説の中にマリアという名前の娼婦を登場させていたのです。

「いや、名前はいい。聞きたくない」

僕はあわてて言いました。マリアと答えられたら、僕は自分が書いている小説の世界に入り込んでしまうと思ったからでした。けれど、彼女はこう答えました。

「そうね、今日はジョセリンってことにしておこうかしら」

頭の中に薄いもやがかかり、僕は泣きそうな気持ちになりました。けれど、顔は笑っていました。僕はなにがなんだか、わからなくなってしまっていたのでした。

これは夢だと思い込むことにして精神的なダメージを減らしてみると、彼女と歩調を合わせる自分の足が空に向かってはね上がっているような気がしました。彼女が腕をつかんでくれているからこそ自分は地上にとどまっていられるのだという感じさえして、僕は夕暮れのマンガヤドの中をまるで女にしがみつくみたいな格好で、ふらふらと歩きました。

途中、道をはさんでレストランから出店のようなものを出し、銀色に光る台の上に食材を並べている店がありました。彼女はそこで止まり、僕の顔をのぞき込んでは、とりたてらしき魚や野菜の数々を見回しました。台に向かって黄金色に光を発するライトがまぶしくて、僕は目を細めながら魚の目をのぞいたのを覚えています。どこを見ているかわからないものの曖昧な視線とも思えず、僕はきょろきょろあたりを探りました。何を思ったのか、僕は、魚の目の焦点が合った場所を見つけようとしていたのです。

「酒の匂いもしないのに、あなたは変ね。悪いクスリでもやったの?」

彼女はそう言って、僕の頬に顔を近づけました。唇の隙間から舌を出し、キスと同時になめるようにします。僕はどぎまぎしてよろけるように歩き出し、彼女から、

「ジャンキーめ」

と言われました。

「よお、ジャパニーズ」

と、なまりのある英語で声をかけてくる者がいました。トライシクルのドライバーでした。彼はにやにやと僕の体をながめ回し、それから一言こう言いました。

「プカシェル・ビーチまで行かないか?」

答えたのは、彼女でした。

「馬鹿ね、こんな時間から、あんな寂れた場所に行くわけないじゃないの」

するとドライバーはフィリピンの言葉で何か言いました。うって変わって丁寧な口調のように思われました。

「じゃあ、島一周でもしないかって。この人、冗談言ってるのよ」

彼女は流暢な英語で僕に翻訳してくれました。その言葉の意味は聞かないうちからわかっていました。なぜなら、僕の小説の主人公が、なじみのようになったドライバーにそう言われる場面があるからでした。

僕は下を向いてひたすらドライバーを見ないようにし、彼女を引っ張る形でその場を遠ざかりました。

ジョセリンと名乗る女の人は、柔らかい乳房を僕の腕に押しつけ、それから何か苦いものをこちらの口に突っ込んできました。顔をしかめながら引き抜くと、それは葉巻でした。

「ギャングの親玉みたいにくわえてごらんなさいよ。なんだか今日はいつもと違うわ。あなたはもっとクールで、もっと……こう、なんていうのかしら」

道を左に折れながら、彼女はそう言いかけたので、確か僕はこんな風に答えました。

「この世にいないみたいにふるまってた」

すると、彼女は僕の頬をなでて笑いました。

「そうよ。毎日、生きてないみたいな顔をしてるの。でも、そこがあなたの魅力だわ」

そう言われると、今の自分こそ死人みたいに思え、とまどい続ける顔が硬直しているような気がしてきました。つまり、僕自身が作り出した小説の主人公と、まるで肉体帰還しそこなった生《い》き霊《りょう》のようにすり変わってしまった、と感じられたのです。

そこから先はよく覚えていない、と書くのは僕の名誉のためでもあるし、本当のことでもあります。何もなかったと書いても信じてもらえないだろうし、あったことの記憶を書こうとしてもすべてがおぼろげなのです。

彼女が導いたバンガローのドアには鍵がかかっていたように思います。ポケットを探せと言われたけれど僕が持っているはずもなく、首を横に振ると、彼女はバンガローの近くにあるサリサリ・ストアまで走っていき、そこから幾つもの鍵が束になったものを借りてきてきしむ扉を開けた記憶があります。

そこには女性が生活している影はありませんでしたから、僕は当然たったひとつの可能性について考えました。おかしな話ですが、そこは僕が小説の中に生み出した男の部屋ではないかと思ったのです。

他人の、それも男の部屋の中で、女性と二人きりになることは不思議に刺激的でした。古ぼけた棚の上の灰皿に葉巻を置こうとして、鏡に自分が映ったことだけよく覚えています。誰かのTシャツや短パン、空になって潰された煙草のパックなどを背景にして、僕の気の抜けた表情だけが大きくふくらんで見えました。それが自分だとは思えず、かといって他の誰でもないとも感じられました。

そのぼんやりした鏡の向こうに、彼女が現れました。美しい肩の曲線が印象的だったことを思うと、彼女はワンピースを脱ぎ捨てていたのでしょう。鏡の中で大きくなっていく彼女の記憶はそのまま、僕の背中に近づいてくる魅力的な女性を表しているはずです。

部屋を出たのは、それから二時間ほど経ってからでした。彼女が僕に向かって何か声をかけていましたが、意味はわかりませんでした。ともかく僕は急いで自分のバンガローに帰ろうとしており、トライシクルが道路を走っているうちに部屋をあとにしようと焦っていたのでした。そうでないと、いつまでも帰れないと思い込んでいたのかも知れません。

ストーン・マシンのバンガローのテラスに、水色の紙が置いてありました。本物のジョセリンからの手紙でした。

〝必ずもう一度ここに来て、約束通りあたしを雪のある国に連れて帰って下さいね〟

間違えた文法を直せば、書かれていたことの内容は以上のようになります。僕は知らないうちに、彼女に何かを約束していたのでした。部屋を飛び出てジョセリンを探したいと思いましたが、もう時間は遅く、レストランにも庭にも誰もいませんでした。空には静かな月があり、椰子が風に吹かれているだけです。

何も食べないまま、僕はじっとベッドに腰を下ろして考え込み、それからようやくこの手紙を書き出しました。

最後の一通がこんな内容になるとは思いもよりませんでした。

僕の充実した島の生活はまるでロウソクの芯が燃え尽きるように消え、時空の歪《ゆが》んだ闇に覆われてしまったような気がしています。

正直にそのことを書き記し、あなたに送ります。


僕はこれから、朝になるまでの時間をあの小説に費やしてしまうのだろうと思います。起こってしまった奇妙な出来事の記憶を、別の形にして現実から追放してしまいたいのです。本当なら昨夜僕が訪ねるはずだったチャリズの中に、あの主人公を置くことで。

それが唯一自分を取り戻す方法だと思う気持ちは、あなたの元に着くノートを読んで下さればきっとおわかりいただけると信じます。

いや、今はただ、そう信じる以外ないのかも知れません。

この手紙を書いているのが自分であるということすら不確かに思えてきた僕が、一体何を取り戻せばいいのだろうとさえ感じてもいるのですから。

あなたがノートを読んで下さるという事実だけが、僕の救いです』

第十章

10月26日
水曜日

『急啓
　ボラカイ島でのバケーション、のんびりとお楽しみだった様子はＦＡＸの文面からもお察しいたしました。さぞ黒々とお焼けのことと思います。そのような御休暇に取材を兼ねていただいたのは、幾分失礼なことだったかと肝を冷やしております。
　さて、お手紙差し上げましたのは他でもありません。ボラカイから毎日私宛に出して下さっていたという手紙が、貴兄の御帰国後二週間経っても届いておりません。フィリピンの旅行代理店に問い合わせてみましても、最大十日間待てば到着するはずとのこと。何か事故でも起こったのではないかと心配しております。
　ただ、最低でも九通はあるお手紙ですから、一通も届かないというのはおかしなことだと首をひねっております。むろん、貴兄が手紙をお送り下さり、それをそのまま原稿扱いにするようにとの御指示、疑っているわけでは毛頭ございません。

しかし、同時にお送り下さったとうかがっておりますノートもやはり届いておりませぬ以上、こちらの編集部といたしましても決断せねばなりません。あと二週間待ってみて何も届かなかった場合、これはいたしかたないこととして、いかがでしょう。お送りになった手紙とお書きになったノートの内容を再現していただけないでしょうか。

手紙とノートがひとつも到着しないという最悪の事態をお考えの上、再現していただく文面をつらつら思い出しておいていただきますと、私どもも安心して眠れます。

突然の依頼ですが、事情が事情でございますので、どうぞよろしくお願い申し上げます。

重ねて申しおきますが、私どもは貴兄が嘘をついているなどということ、ゆめゆめ思っておりませんので、御立腹なさらぬよう伏してお願い申し上げる次第でございます。

お楽しみになった南の島とはまるで違い、寒さが日ごとに増す毎日でございますが、どうか風邪などおひきになりませんよう健康に御留意下さいませ。

敬具

追伸
この手紙を書き終えた直後に、ただ一枚だけ差出人のお名前のない葉書が届きました。ボラカイ島からの絵葉書ですから、間違いなく貴兄からのものと推察いたします。
ちなみに文面は以下の通りです。コピーして添付いたしますので、確かに貴兄がお出しになったものか、お確かめ下さい』

『私は波の上の甲虫など見たことがありません』

からっぽ男の休暇

完全改訂版

この本を確か誰かに捧げるはずだったのだが……。

第1話

篤志家の銅像

長い休暇になる。一年間だ。いや、実のことをいえば、もっと休んでもいい。今、僕はそれを自分で決めてしまえる立場にいる。仕事をやめたのだ。

忙しかった。しかし、これまで僕はそれを辛いとも思ってこなかった。自分の才能を信じていた。そして、才能は時間をも支配出来ると思い込んでいた。

次から次へと舞い込んでくる仕事を、まるで子供でもあやすかのようにこなしながら、僕は眠らない日々を楽しんでいた。

だが、突然それはやってきた。〝それ〟が何であるのかを、僕はうまく説明することが出来ない。ともかく、それは何の前触れもなくやってきて、僕に仕事をやめさせてしまったのだ。

才能の枯渇《こかつ》を感じたわけでもなく、疲労の限界を越えたわけでもない。ただ、僕は休暇を取ろうと思った。長い休暇を自分に与えようと思った。本当にただそれだけのことだ。

家の整理をして、信頼出来る友人に留守中の財産管理を任せると、僕は当てずっぽうに買ったエアチケットで南へ飛んだ。

ここに腰を落ち着けるまで、一週間ばかり方々をうろついてみた。目的も何もない。ぼんやりとゆっくりと、僕は移動を続けた。

ある港で知り合ったフランス人に薦められて、この島に来た。すぐに気にいった。

広いビーチには、ほとんど誰もいない。椰子《やし》の葉で葺《ふ》いたバンガローは一泊二百円。バンガローで働くロコたちは、必要最低限の英語しか理解しない。静かだ。本当に静かだ。

僕はもう十日間ばかり、ここにいる。しばらく動こうとは思わない。

朝早く起きて、すでに食堂でテーブルをふいているクリッサナに挨拶《あいさつ》すると、僕はビーチに出る。まだ冷たい海水の中に注意深く入っていき、体を浸す。ラルフ・ローレンの短パンは、もはや水着だ。鮮やかな緑の縦縞《たてじま》も、真っ白だった地の色も、午後の太陽に染まったような貫禄《かんろく》ある風合いを獲得している。

冷たい肌を朝日にさらして、僕は食堂へ戻り、クリッサナの用意してくれた朝食をとる。陽光に照らされ始めた風が動き出す。その速度に合わせて、僕もゆっくりトーストを飲み込む。椰子の森がささやいて揺れる。

森から黒い小さな鳥が飛び立つのを見て、十六歳の女の子クリッサナが何か言った。

燕、と僕は答えた。クリッサナがこちらに耳を近づけ、聞き取ろうとする。

「つ・ば・め」

と、僕は再び言う。その発音を繰り返しながら、クリッサナはまたテーブルをふき始める。実際にあれが燕だったかどうか、僕は知らない。ただ、クリッサナに何か答えてやりたかっただけだ。

海面にまぶしく反射し始めた太陽に目を細めて、僕もつぶやく。つばめ。つばめ。つぶやくうちに、懐かしさの感覚にとらわれた。確か、燕が出て来る童話があった。あれはどんな話だったろう。アルミニウムで出来たフォークを片手に、僕は思い出そうとする。仕事に追われていた時には、考えもしなかったことだ。善良な童話を、今僕は思い出そうとしている。

燕が何か運ぶ話だった。しかも、かなり高価な物を運んで飛び回る。くちばしにそれをくわえて、燕尾服《えんびふく》の小動物は善行をなすのだ。美しい。善行は美しい、と僕は思う。東京では、これほど素直に善行を誉《ほ》め称《たた》えることなど出来はしない。そうひとりごちて深くうなずく。

しかし、と僕は思う。善行の美徳はともかくとして、今重要なのは燕の話だ。何としても思い出さなければならない。それが有名な童話であることは明らかなのだ。もしも、思い出せないとしたら、僕の生きてきた道筋さえもあやふやに思えてきてしまう。

思い出せ、思い出すのだ。燕の野郎が一体何を運んでいたのかを。

クリッサナはそんな僕の焦りも知らず、健康的な唇《くちびる》の上に、その忌《い》まわしい小動物の名を乗せて微笑《ほほえ》んでいる。いや、忌まわしいのは燕ではない、と僕は自らを戒《いまし》めた。忌まわしいのはあくまで僕の記憶力だ。燕は美しい。内容は定かでないにしろ、ともかく善行をなし遂げる。すでに卵は冷めてしまっている。それでも僕はあきらめなかった。不屈の精神をもって、僕は努力を続けた。そして、とうとうやり遂げたのだ。記憶が蘇《よみがえ》り始めたのである。

銅像だった。燕は銅像から、高価な品々を剝《は》ぎ取って運んだのだ。燕はどこからその高価な品を運ぶのか、と論理的に考えたことが勝利の要因だと思う。誇らしげに、僕はクリッサナを見つめた。クリッサナは曖昧《あいまい》で底深い微笑みを返した。

だがしかしと考えてすぐに、僕は思い出した。そうだ。ダイヤモンドだ。銅像の目がダイヤモンドだったのである。危機一髪という所だった、と僕は胸をなでおろした。何を運んだかが、そもそもの出発点だったのだ。

しかし、苦難というのは集中して人を襲うものだ。なんでまた燕ごときが、銅像からダイヤを剝ぎ取る権利を持っているのだろう。しかも、燕は断じて泥棒ではない。やつが善行をなした、ということは前提中の前提なのである。

あの時、椰子の間から燕さえ飛ばなければ、と僕は過去を恨んだ。いや、あれはそもそも燕ではなかったのではないか。僕はいったんそう考えて、大きく首を振った。逃避してはならない。あれがどのような鳥だったにせよ、善良なる魂を称えたあの童話を思い出さなければならないのだ。

僕は固く握りしめていたフォークを白い皿の上に戻し、大きく深呼吸して再び苦難の道をたどり直すことにした。

あえて苦しみを引き受ける者には幸福が訪れる。僕は童話の題名を思い出したのだ。「篤志家の銅像」だった。間違いない。

街に有名な篤志家の銅像があった。彼は生前から、貧しい者に富を分け与える心優しい人物だった。

ほぐれて絡《から》まった毛糸玉から、するすると一本の糸を引き出すようにして、童話は思い出された。題名というものが、童話を思い出そうとする者にとって、いかに重要かがよくわかる実例だ。

しかし、悲しむべきことに、その善良なる篤志家は死んでしまった。それは、彼が銅像になっていることから割り出した僕の推測だったが、あらゆる論理性からいって、そう大きな誤りとはいえなかろう。そして、ここであの小動物の登場だ。そう、燕である。

ここまで思い出せば、後は赤子の手をひねるようなものだ。善良な童話をほぼ正確に語り得る、僕は善良な人間なのだ。もう恐れるものは何もない。台所へ消えて行こうとするクリッサナを、僕は呼び止めたいとさえ思った。さっきの鳥は絶対に燕だった。いまさら、燕以外のどんな鳥だったというのか。

燕もまた、篤志の精神に満ちた男だった。だが、いかんせん財産がなかった。そこへ篤志家の死だ。しかも銅像には金銀財宝が埋め込まれている。今こそ、篤志の精神をおおいに発揮する時が来たのだ。飛べ、燕よ！

何という美しい話だろう、と僕は思った。温かいものが胸の中に満ちていく。やはり、童話はいい。燕は立派だ。

日は次第に高く昇っていき、食堂の椰子葺きのひさしを越えようとしていた。再びクリッサナが、食堂に現れた。目が合うと恥ずかしそうに笑う。

「つ・ば・め」

と僕は言った。クリッサナは急に真顔になって、それを繰り返そうとする。

「ちゅ・ば・み」

その時、椰子の森からあの黒く小さな鳥が飛び立った。くちばしのあたりから、鼠《ねずみ》と思われる灰色の死体をぶら下げていた。

一瞬ギクリとしたが、僕はすぐに思った。働き者なんだ、と。そして、鼠の死体などで着飾った篤志家の銅像はちょっといやだな、と感じながら青い海に目を移した。遠い水平線の向こうで銀色の魚がはねるのが見えた。一年間、ここで暮らしてもいい、と僕は思い始めていた。

第2話 ⚜ 一寸法師

　南の島の夜は早い。水平線に沈む夕日にため息をついているうち、いつの間にかあたりは闇に包まれている。

　今日の夕日もよかった。ビーチのほぼまん前にゆっくりと沈んでいった。最初はオレンジ色のぼんやりとした空だった。それが海の向こうからみるみるうちに赤く燃え出し、炎は雲を照らし始めた。

　それまでどこにいたのかと思うほどの大きな雲たちが、遠い空に赤く黒く一枚の絵を描く。ドラクロアの絵画を思わせる激しさで、様々な色の雲は姿を変え続けた。

　巨大な名画。しかも一瞬たりとも同じ色、同じ形ではない作品。残ることなく消え、永遠の忘却をよしとする滅亡への諦念《ていねん》を、空は僕に教えようとしているのだろうか。

　あるいは、空は毎朝キャンバスを白く塗《ぬ》り替え、それにうっすらと青を引き、さらに何度となく塗り込んだ午後の青に強い日差しの黄色を入れた上で、夕日を描く時を待っているのだろうか。顔料が乾かぬうちに、素早く描かなければならないフレスコ画を、毎日空は描く。満足のいく名画をものにするまで、空は飽きることなくキャンバスを塗り替え続ける。永遠の習作。完全への意志。

それならば、今日僕を感動させた絵画など、空にとっては取るに足らぬ駄作なのだ。だからこそ、と僕は考える。空は、夜をこんなにも深い黒に染めてしまうのだ。

今夜は月さえない。いや、この五日間ばかりそうだ。おそらく、新月が三日月になろうとする時期なのだろう。

バンガローの主人に借りた小さな灯油ランプをたよりに、僕は体を洗おうとしていた。シャワーなどない。丸井戸のような形をした、コンクリート製の小さな小さな貯水池。そこに雨水が注がれているだけだ。殺菌剤でも混ぜてあるのか、水は白濁《はくだく》している。

トタン塀《べい》の中で裸になり、まず頭にシャンプーを振りかけた。灯油が燃える匂いに、一瞬芳香剤の香りが混じる。嘘臭《うそくさ》い香りだ、と僕は思う。この島に来てわずか一週間のうちに、そう感じるようになってしまった。最初はあんなに懐かしく鼻を刺激したのに。

変わり身の早い自分を笑いながら、僕は丸井戸の方に手を伸ばす。薬にまみれてヌルリとしたセルロイドの桶《おけ》が浮かんでいるはずだ。しみるシャンプーに目をふさがれて、桶を探した。

桶のふちが手に当たった。すかさず、つかむ。ヌルリとしていた。ヌルリとしていたのはいいが、すぐグニャリとした。グゲエエという声がする。思わず悲鳴を上げて、手を引っ込めた。引っ込めたのにグニャリが離れなかった。僕は再び悲鳴を上げた。

グニャリを渾身《こんしん》の力で振り払うと、僕は目を見開いた。蛙だった。コンクリートの床の上でひっくり返っている。しばらく呆然《ぼうぜん》と見ていると、もぞもぞ起き出してこちらを見つめ返してきた。大人気ないことをした、と反省した。一匹の蛙ごときで二回も悲鳴を上げ、その非力な蛙を思いきり床に叩きつけてしまったのだ。

悪かった、と僕は謝罪した。

「たった一匹のお前にこんなに驚くことはなかった」

そう言いながら、ふと丸井戸に目をやった。チャポン、チャポンという音と共に、無数の黒い何者かが水の中に隠れた。桶の上に数匹残っている者たちの〝しまった〟という素振りを見れば、無数の黒い何者かが仲間だったことはわかった。背筋が凍った。

しかし、と僕はわざわざ口に出して言い、自分を落ち着かせた。

「井戸に蛙とはオツじゃないか……多いけど」

少し震えながら僕は笑った。

桶の上の数匹のグニャリは、隠れる機会を失い、あらぬ方向を見つめて失敗をごまかしていた。その姿を眺めるうちに、震えがおさまった。愛らしかった。叩き落としてしまった一匹に目をやると、そいつはそいつで僕をなじるように見上げている。

僕は笑った。今度は本当の笑いだった。

頭を泡だらけにしたまま、丸裸で笑っている僕がおかしいのだろう。桶の蛙たちがグエッグエッと鳴き出した。何だか胸が締めつけられるような懐かしさにとらわれた。

桶に乗っている小さな者。それが無性に懐かしかった。そんな昔話があった、と僕は微笑んだ。微笑んだのだが、思い出せなかった。とにかく小さい者が乗っている話だ、と僕は自らを励ました。それが桶に乗って川を下る。

「どんぶらこっこ、どんぶらこ」

そう歌ってみて思い出した。一寸法師《いっすんぼうし》だ。

一寸法師かあ、と思わず声を漏《も》らした僕は、蛙たちに向かってそれを歌ってやることにした。

「どんぶらこっこ、どんぶらこ」

しばらくの間、同じフレーズを歌い続けた。何かが違う、という思いが脳裏をよぎったからだ。

だが、それが何なのかを思い出すことが出来ない。僕は体を揺らしてリズムまで取りながら、歌い続けた。

「どんぶらこっこ、どんぶらこ」

苦悩が脂汗に変わっていくのがわかった。丸裸で歌をくちずさみ、蛙に踊りを見せている男。はたから見ればそんな風に楽しそうだったろうが、僕にとっては地獄の炎に焼かれるくらい辛かった。思い出したいことを思い出せない苦しみが、次から次へと熱い汗に変わる。

今、僕の体はあのセルロイドの桶よりもヌルリとしている。そう思うと泣き出してしまいそうだった。いや、きっと蛙さえしのぐほどヌルリとしているに違いない。あの桶の上の……と考えた時だった。

苦悩が砕け散った。一寸法師が乗っていたのは桶ではなかった。お椀だったのだ。

「お椀だ、お椀。お椀の上でどんぶらこっこ、どんぶらこだ」

喜びが体中にあふれ返った。僕はピョンピョンと飛びはねさえした。もしも、蛙がその気なら、手を取り合って飛びはねてもいいと思った。

しかし、喜びはほんのつかの間だった。そんなお椀に乗って一寸法師が何をする気だったのかが、まるでわからなかったのだ。

一寸が何センチか、などという一般常識を忘れていることは気にならなかった。尺貫法にはこの際黙っていてもらおう。今、切実に思い出したいのは、一寸法師の意図だけだ。一体、何が不服でわざわざお椀の上などに乗ったというのか。

僕は半ば怒りかけていた。一寸法師、と僕は心の中で呼びかけた。〝お椀に乗って旅をするような男だとは思わなかった。見損なったよ、法師〟

グエッグエッと蛙が鳴いた。知らぬ間に、蛙をにらみつけていた。僕は、そいつを一寸法師だと思い込んでしまっていたのだ。

悪かったと、また謝罪した。相手がさっきの蛙ではないにせよ、わずか数分の間に二度も蛙に詫《わ》びを入れたことになる。僕は激しい屈辱感を味わった。短くはない人生とはいえ、蛙に詫びを入れたことのある人間はそう多くないはずだ。

このような憂慮すべき事態になったのも、一寸法師のせいだ。そう思うと、無性に腹が立った。あんなやつは、ただのながれ者に違いない。そうに決まっている。なにが法師だ、気取りやがって。僕は唾《つば》を吐いた。吐いた唾が、足元の蛙にかかった。一瞬ためらったが、僕は謝らなかった。これ以上、蛙に謝罪の意をあらわすわけにはいかなかった。

「文句があるなら法師に言え」

僕は毅然《きぜん》とした態度でそう言った。そう言える自分の勇ましさが嬉しかった。

ふと、見ると丸井戸の水一面に蛙が浮き出していた。恐ろしい光景だった。しかし、僕はくじけなかった。

「文句があるなら法師に言うんだ、蛙ども！」

そう怒鳴ると、僕はさらに毅然とした態度をあらわにして、トタン塀の外に出た。

出てすぐに、自分が丸裸であったことを思い出した。頭は泡だらけだ。しかし蛙たちへの体面というものがあった。戻るべきか否か。暗闇に包まれて僕は悩み続けた。

とにかく悪いのは一寸法師だ。それだけは事実だった。

第3話 鶏の恩返し

　昼、食堂で折り紙をしようと思った。クリッサナが暇つぶしに英語の単語を書きつけていた紙で、僕は鶴《つる》を折ろうとしたのだった。何か意味があったわけではない。他にすることもなかったのだ。

　クリッサナ、と小さく呼びかけて紙を引き寄せ、僕は〝おりがみ〟といった。クリッサナは持ち前の勤勉さで〝オリアミュ〟と答えた。もう一度〝おりがみ〟というと、クリッサナもきちんと発音し返し、僕の目を下から覗《のぞ》き込む。僕は口の端を上げて微笑み、うなずいた。

　今度は〝つる〟といってみた。案の定、〝ちゅる〟と答える。僕はゆっくりと再び発音した。ようやく〝つる〟と正確に返ってくる。

　僕は両手を広げて、それが鳥であることを教えた。クリッサナはおおげさに驚いてみせて、うなずきながら食堂の裏手を指さした。鶏がいるからだ。イエス、バット……と僕は眉《まゆ》をひそめた。

鶴も鶏も確かに鳥だ。だが、今から折ろうとするものは断じて鶏ではないのだ。誤解されたくない。

僕はベンチのような長い木の椅子から立ち上がり、首を伸ばして羽ばたいてみせる。クリッサナは大きな目を見開き、何度もうなずいた。そして、やはり食堂の裏手を指さす。鶴になったつもりで優雅に動いていたはずの自分が、せわしなく餌《えさ》をついばむ鶏に見えたことが無性に悲しかった。

「違うんだ、クリッサナ！」

というと、クリッサナも悲しそうな表情で僕を見つめた。少し語気が荒かったことに心が痛んだ。クリッサナは鶴を知らないのだ。僕がこの島の鳥を知らないように。いくら動作を真似てみても、知らないものは伝わりはしない。

ともかく折ってみせよう。そう思って椅子に座り直し、僕はもう一度〝つる〟と宣言した。クリッサナは何が起こるのかと息をひそめて、紙を見つめる。僕は得意満面で四角い紙の端を持ち上げた。

だが、どうしたことだろう。どう折れば鶴になるのかが思い出せないのだ。仕方なく半分に折ってみた。半分に折るのは折り紙の基本だからだ。しかし、それが鶴に変容する気配はさらさらなかった。ただ半分に折られた紙のままなのだ。冷汗が出た。

一瞬、さらに半分に折ろうとする自分がいたが、折ったら最後だと踏みとどまった。四つ折りの紙にしてしまったら、鶴になる可能性は永久に失われてしまう。二つ折りの今なら、まだ鶴への道は断ち切られていないはずだ。僕はじっと紙を見つめ、鶴の雄姿を思い浮かべたが、だからといって紙が勝手に鶴になってくれるわけがなかった。

クリッサナは無情にも、そんな僕に向かって〝つる〟と呼びかけた。そして、二つ折りの紙を触り、〝つる？〟ときく。情《なさ》け容赦《ようしゃ》ない仕打ちだった。それが鶴であるはずもない。長四角の紙ではないか。

無垢《むく》なクリッサナは、その後さらに僕を窮地に追いつめた。食堂の裏手を指さし、〝つる？〟といったのだ。自分が折ろうとしたものが、いまだ鶏でさえないことに絶望し、僕は黙り込んだ。

鶴を折りたい。神よ、私に鶴を折らせて下さい。僕はそう祈った。鶴を折らせてくれる神なら、たとえ鶏の格好をしていてでも信仰する用意があります。どんな恩返しでもします。

そう思った時だった。鶏の恩返しという話があったことを、僕は思い出したのだ。

すぐに鶏が機《はた》を織る話だったと思い出して安心した。この島に来てからというもの、僕はいつも童話や民話を思い出しそこねるからだ。もちろん、最後には見事に思い出すのだが、今は折り紙のやり方に集中する時である。これで話の筋まで思い出さなければならないとなると、実に厄介なのだ。助かった。鶏が娘に化けて機を織る。そういう話じゃないか。

僕は逃避を始めた。折り紙への記憶が曖昧であることから逃げ、思い出せる民話の筋の方をたどろうとしたのだ。

鶏は困っているところを助けられたのだった。おじいさんとおばあさんに、である。たぶん食べられそうになっていた時のことだろう。それで、恩を返そうと娘に化けて二人を訪ねるのだ。夜、鶏は機を織る。作業を見るなといって、せっせと織る。ところが、ある夜、おじいさんは部屋を覗いてしまう。

なにしろ、鶏が機を織っている姿を目撃したのだ。おじいさんはさぞ恐しかったろう。思わず理性を失って叩き殺し焼いて食べてしまっても無理はない。だが、そこは民話だ。おじいさんはただ呆然《ぼうぜん》とする。約束を破られた鶏は、かんかんに怒って野原に帰る。おしまい。

素晴らしい記憶力だ。こんなにスラスラと思い出せるとは、まだまだ僕も現役である。何の現役かは不明だが、ともかく現役だ。

うれしくなって、顔を上げた。目の前に半分に折られたままの紙があった。海からの風で、こちらを馬鹿にするようにふるふると揺れている。不覚だった。いくら民話を思い出せても、今は自慢にもならないのだった。

鶏が機を織るように、僕に鶴が折れたら。心の底からそう思った。鶏は毎晩せっせと機を織り続けたのだ。

そう考えてすぐ、僕はある疑問にとらわれた。なぜ、鶏は鶏の格好のままで機を織らなければならなかったのか、という疑問である。娘に化ける力があったのなら、娘のままで織ればよかったのではないか。

そもそも、鶏では作業も大変だろう。折り紙ひとつ折るのにも、相当の時間がかかるはずだ。僕は鶏になったつもりで手の指を曲げ、紙の上に置いてみた。いかんともしがたい。やはり、鳥風情《ふぜい》には折り紙は無理だ。

鶏ならば自分の姿を折るやり方くらい知っているだろう。だが、知っていても折れないことがある。そう思うと少し気が楽になった。知らなくて折れないことなど当り前ではないか。

それにしても、なぜ鶏は鶏のまま機を織ったのか。熱心に僕の指先を見つめ続けるクリッサナに気づいて、僕は再び逃避を始めた。

鶏は毎晩、せっせと機を織った。おじいさんとおばあさんに恩返しをするために、せっせと織った。鶏ながらいじましい努力だ。大体、鶏は首がちょこまかと動き過ぎる。一定方向を見ることからして難しい。相当の集中力を必要としただろう。朝方など、ふと気を抜くと卵を生んでしまう危険性もある。

僕は鶏の苦労をしのぼうと、テーブルの上の紙をにらみつけた。集中せよ、ただ一点に集中せよ。他のことなど一切考えるな。僕は二つ折りの紙に意識を集中し続けた。

するとどうだ。おぼろげながら鶏の気持ちがわかってくる気がした。小声でコッコッコッといってみた。クリッサナが〝つる〟と叫ぶのが聴こえたが、僕の精神はもはや乱れなかった。僕は鶏だ。コッコッコッコッ……。

夢幻の境地のようなものの中で僕は悟《さと》った。鶏は娘に化けることも忘れて機を織ったのだった。いや、最初は娘の状態で作業を始めるのだろう。だが、恩返しのため少しでも多く織ろうとする気持ちが仇《あだ》となる。機に集中するあまり、いつの間にか本性を現してしまうのだ。頭に赤いトサカが生えてくる。体が白くなる。そこが鶏のあさはかさであり、悲しさだ。二つのことに集中することなど、脳の小さい鶏には到底不可能に決まっている。

さらに悲しいのは、集中して鶏になったが最後、逆に作業は遅れてしまうという事実だ。もちろん、小刻みな首の振動にも耐えなければならない。鶏はさぞふがいなかっただろう。やり場のない怒りとはこのことだ。だからこそ、鶏は作業を覗いたおじいさんを許せなかったのに違いない。恩は返したいだろうが、鶏とて自尊心というものがある。情けない姿を見られて出て行かないわけにはいかないではないか。何と切ない話だろう。

僕は涙をこらえた。時折、こらえ切れずに嗚咽《おえつ》が漏れるような気がしたが、コッコッコッという、鶏の鳴き真似に過ぎなかったかも知れない。だが実際、目の前で風に揺れる紙はにじんで見えていた。鶏の視力というものだろうか。

僕は食堂の裏手を指さし、うめくように〝にわとり〟といった。クリッサナに問い返す間も与えず、僕は二つ折りの紙を取り上げて、それにも〝にわとり〟という名を大声で捧げた。形など関係なかった。大切なのは鶏の悲しさに共鳴出来るか否かだ。

クリッサナに背を向け、僕はビーチに駆け降りていった。知らぬ間に、走りながら小刻みに首を振っていた。涙を振り払うためだったのか、鶏になりきっていたためなのか、僕には判断がつかなかった。

うしろで残酷なクリッサナが〝つる？〟と聞いていた。

第4話 赤頭巾ちゃん

　この島に滞在し始めてから、もうだいぶ経つ。だいぶ、としかいえないほど曖昧な時間を過ごしながら、僕は東京で欠落させて来た何かを埋め合わせているような気がしている。

　それが何なのかを、はっきりということが出来ない。人間性などという甘い言葉を使うつもりはさらさらないし、まして自然というものなら吹き出してしまいそうだ。

　だがともかく、この島でぼんやりと一日を過ごす度、〝存在のある部分〟に暖かい空気を充塡《じゅうてん》されていると感じるのだ。そして、その〝存在のある部分〟は、東京で暮らすことによってすっかり空室になっていた。それだけは確実にいえる。

　暑い。昼間の太陽がつむじを直撃している。船は進む。港に向かって小船は急いでいる。特に何か用事があったわけではない。ただ、サーンが港に行くというので、ついて来た。曖昧で暇な時間を過ごしたかった。それだけが理由だ。

幾つもの小さなビーチを横切り、小船は南下する。椰子《やし》の木《こ》陰《かげ》に横たわる女がいる。Tシャツを頭に巻いて、船から釣り糸をたらす中年の夫婦がいる。島の子供をつれて白い砂の上を散策する老いた滞在者がいる。

どのビーチも似たりよったりであることが原因だろうか。それらすべてが皆、自分の姿であるかのように見えるのが不思議だった。まるで何枚ものスライドを合わせるようにして、それぞれのビーチが一つに重なり、そこにいる多くの人が自分一人に圧縮されるのだ。

海に腕を突っ込み、生ぬるい水を頭にかけた。僕は暑さにやられている。海水が目にしみて少し痛いが、思考ははっきりとした。僕は僕だ。僕一人だ。彼ら滞在者は僕ではない。

突然、白くぼんやりとした視界に灰色の塊が走った。強く目をつぶって海水を追い出すと、ビーチに犬が見えた。船と競うように全速力で走っている。大きな犬だった。妊《はら》んでいるのか、腹を膨《ふく》らませている。昆布のような舌を口からぶら下げて、その灰色の動物はビーチを駆け抜ける。

本当に犬だろうか。少し格好が違うような気がした。ともかく大き過ぎる。しかし、と僕は思った。犬でないとすると……まさか。

「ウルフか」

思わず振り返ってサーンに呼びかけた。サーンはニヤニヤと笑ったまま、首を横に振る。馬鹿な想像だった。狼《おおかみ》であるはずがない。僕はもう一度海水を頭にかけ、恥ずかしさが誘う笑いを笑った。

見ると狼、いや犬は消えていた。椰子の向こうにでも走っていってしまったのだろう。ビーチにはまばらな人影だけが残っている。

馬鹿げている。僕はかぶりを振った。狼などと、今日の僕は一体どうしてしまったというのだろう。日射病にでもかかりかけているのだろうか。

小刻みな波が太陽を浴びてキラキラと照るのを、目を細めて見つめながら、僕は考えた。あの犬が大きかったのがいけなかったのだ。そのようにして僕は、犬を狼と間違えてしまった理由を分析し、落ち着きを取り戻そうとした。灰色の毛に覆《おお》われていたのも原因の一つだし、雄々しい走り方にも問題はあった。しかし、それより何より腹だ。腹がまるで人でも食ったかのように膨れていたことが、僕に狼を思い出させたのだ。そうだ。そうに違いない。だが、何故《なぜ》だ。何故、腹が膨れていると狼なのだ。

その疑問が頭をよぎった瞬間だった。多くのイメージが同時に押し寄せて来た。すべて童話の一《ワン》シーンだった。

まず白いシャワーキャップ状の帽子をかぶった狼。横には赤頭巾《あかずきん》ちゃんがいた。さらに腕を小麦粉で白く塗った狼。その腕は木の扉からこちらを狙っている。おびえるこやぎたち。次に満腹で眠っているうち腹を裂かれる狼。確か生前には紙で出来た家を吹き飛ばしてもいたはずだ。素晴らしい記憶力だった。腹の膨れた狼を思うだけで、一瞬にして赤頭巾ちゃんの全シーンを思い出したのだ。

しかし、問題は筋だった。思い出したシーンが赤頭巾ちゃんを構成することは自明の理なのだが、それぞれをどう並べるかが頭を混乱させた。

まず赤頭巾ちゃんとこやぎの関係が不明だった。確か赤頭巾ちゃんはおばあさんを訪ねるのだが、いきなり訪ねるとこやぎの立場がない。おそらく旅の途中でこやぎの家にでも寄るのだろうが、何故寄るのか必然性がないのだ。

こやぎの家と考えて、それが確か三つあったはずだと思い直す。一つは紙製。一つはレンガ製。

最後の一つはわからなかった。その中間の材質であることは確実だから、木か布あたりだろう。

そう推測しながら、何故か脳裏に豚が現れ出ようとしているのを感じた。強く頭を振って、僕はその豚どもを追い払った。これ以上話の要素を増やしたら、気が狂う。豚は引っ込んでいてくれ。今はこやぎのことで精一杯なのだ。僕はうめくようにそうつぶやいた。

こやぎ、こやぎ。豚の幻影から逃れるべく、考え続けた。こやぎ、こやぎ。すると、こやぎが七匹だったことを思い出した。七匹のこやぎ。そうだ。紛《まぎ》れもない。こやぎは七匹だったのだ！

しかし、七匹では三つの家に等しく配分出来ない。そう思った時、〝三匹の子豚〟という、配分にはピッタリのフレーズが浮かび上がって来た。

「豚はすっこんでろ！」

混乱の極みで思わず叫んだ。驚いたサーンが何かいったが、聴こえなかった。僕は頭から豚、それも今では正確に三匹とわかる豚を締め出すことに全精力を傾けた。

こやぎを後回しにすることにした。赤頭巾ちゃんを狙う狼を中心に考えようと思った。そうしないと、いつまた話の中に豚が入り込むかわからない。狼、狼、狼……。確か有名な問答がある。おそらく〝小麦粉で白くなった腕〟はそこに収容出来るはずだ。僕はきわめて理知的に考えを進めた。豚さえ邪魔をしなければこっちのものだ。

「狼さん、何故狼さんの腕は白いの？」

そんな風なことを赤頭巾ちゃんは聞く。

「それはね、お前を優しく抱くためだよ」

完璧だ。完璧につながった、と僕は思った。

「じゃあ、どうして狼さんの耳はそんなに大きいの？」

「お前のお話がよく聞こえるようにだよ」

こうやって狼は赤頭巾ちゃんを安心させていく。そして食ってしまうのだ。

待てよ。おばあちゃんはどこだ。赤頭巾ちゃんが訪ねたはずのおばあちゃんは、一体どこにいったのだ。せっかく完璧であったはずの問答シーンに謎があるのに気づいて、僕はゾッとした。正確なことを思い出すのが一瞬遅れていたら、僕はおばあちゃんを豚のカテゴリーの中にいれて、話から追い出していたところだったろう。おばあちゃんはすでに狼の腹の中なのだ。いるはずがない。

よかった。助かった。食われたおばあちゃんには悪いが、こっちはこっちで大変なのだ。ともかくいち早く腹の中に入っていてくれたおかげで、最悪の混乱は免れた。有難う、おばあちゃん。おばあちゃんの偉大なる犠牲精神に最大限の感謝をしながら、僕はある悪い企みを思いついていた。やぎと豚の処理についてである。我ながらおそろしい企みだった。しかし、そうでもしなければ話がつながらないのだった。許してくれ。遠くに見え始めた港を前に、僕は決断を迫られていた。

僕は七匹のこやぎと三匹の子豚を全部狼に食わせた。赤頭巾ちゃんがおばあちゃんを訪ねる前に、狼は全部食っていたのだ。腹が膨れるのも無理からぬ話である。しかも、狼はこれから赤頭巾ちゃんまで食おうという算段だ。強欲はよくない、という教訓に違いない。

勝手に教訓までひねり出して、僕は混乱を脱した。記憶力が良過ぎることも不幸だ、と思った。おかげで食われたくもない者が食われ、食いたくもない者が食ったのだ。

本当に申し訳なかった。しかし、そうするより他になかった。断腸の思いとはまさにこのことだ、とひとりごちながら再び海水をかぶった。

港の小さなレストランから甘やかな香りが漂って来ていた。猛烈に腹が減っていた。

第5話 白雪姫

ビーチの端にもう一つのバンガロー群がある。ティパワンはそこの主人の姪《めい》だ。僕より三つばかり年下だから、二十六。最初に見かけた時、ほっそりとして無駄のない顔と大きな目が印象的だと思った。

ティパワンはクリッサナと仲がいい。生活必需品が小船で運ばれて来ると、二人は現地の言葉で何か言い交わしながら笑い合い、せっせと荷物を下ろす。二人とも働き者だ。僕はその様子を、椰子《やし》の木陰から見ていることが多かった。荷が届く時刻が、ちょうど僕の昼寝のスケジュールに合致していたからだ。

その日もそうだった。サーンが港から小船に沢山の麻袋を積んで帰って来たのが、午後二時頃。僕は海に向かって大きくたわむ椰子の下にいた。夜、月が出ると、この椰子は特に素晴らしい。ムーン・ココナッツと呼んでいる、僕のお気に入りの木だ。

もちろん、昼だって大したもので、たわんだ分だけ木陰も広い。僕はゆったりとくつろいで、バンガロー一軒はゆうに包んでしまうほど大きな木陰の中に寝ころんでいた。

サーンが到着を大声で知らせると、その日に限ってクリッサナが出て来なかった。ビーチの向こうから、ティパワンが何か言いながら走って来る。それを聞いてサーンが笑った。どうしたのだろうと思い、半身を起こすと、ティパワンがこちらに向かって笑いながらジェスチャーをして見せた。ティパワンのバンガローで眠ってしまっているらしい。理解した、という合図として僕も笑った。

作業はしばらく続いた。眠ってしまっているクリッサナのかわりにサーンが荷物を運ぶ。ティパワンは話し相手がいないせいか、少しつまらなそうに何度も小船と自分のバンガローの間を往復する。

三十分もしたろうか。ティパワンは最後の荷を肩にかけて、僕に近づいて来た。片手にパパイヤを一切れ持っている。恥ずかしそうに微笑みながら、彼女はそれを僕に突き出した。受け取ると、バンガローを指さして再びクリッサナが眠っていることを教える。うなずきながらパパイヤにしゃぶりついた。果汁が内臓にしみるのがわかる。

「おいしいね」

と言うと、ティパワンはわかったのかにっこりと微笑んだ。美しい唇《くちびる》が光った。

ティパワンは僕に、ついて来いという仕草をした。どうやらクリッサナを起こして欲しいらしい。OKと答えて立ち上がり、僕は彼女について歩き出した。荷物を持とうかという素振りを見せると、ティパワンは首を振る。

仕方なく僕は残ったパパイヤを一気に口に放り込んだ。どうした弾みか、つるりと喉《のど》に入ってしまう。ゲエという声が出た。それでもパパイヤは喉に詰まったまま出て来ない。ティパワンが振り返った。まずい、と思った。自分が血相を変えているのがわかる。ティパワンにだけは恥ずかしい姿を見せたくない、と思った瞬間に気づいた。

僕はティパワンに恋をしていたのだ。

パパイヤを喉に詰まらせ、不覚にも涙さえ流してゲエゲエと声を立てながら恋を知るとは、何と悲惨なシチュエーションだろう。しかも恋する相手が目の前でそれを見ているのだ。情けなかった。恋していると知ったのはいいが、失恋を決定づけられている。いや、たとえ失恋しないとしても、もうすぐ僕は死ぬ。パパイヤを喉に詰まらせたまま、永遠の眠りにつく。苦しい。息が出来ない。

喉。眠り。クリッサナを起こさなければ。美しいティパワン。切れ切れに浮かぶ言葉をたどりながらゲエゲエとわめくうちに、白く濁《にご》った頭の中に童話が浮かんで来た。

そうだ。白雪姫だ。この島に来て以来、色々な童話を思い出して来たが、ついに末期の童話か。そう思うと苦しみが軽減されるようだった。白雪姫を思い出しながら死ぬのは悪くない。例えばわらしべ長者では救われないだろう。

確か白雪姫も喉に果物を詰まらせるのだ。そう、リンゴだ。魔女に毒リンゴを食わされる。で、ゲエ眠り込むのだった。ゲエ。そこに現れるのが王子だ。こういう時、必ずゲエ王子が白馬で現れる。従者もつけずに一人でうろつき回るゲエのが、いつも納得いかなかった。王子とは名ばかりの遊び人じゃないのか。しかも、必ずキスをするのだゲエ。見ず知らずの女にキスをするとは許せない王子だ。なにしろ、相手は眠っているのだから、これはもう痴漢ではないか。いや、死姦である。王子は紛れもなく変態ゲエだ。

ティパワンは心配そうに僕を見つめていた。しかし何が起こったのかわからない以上、僕の頭を心配しているのかも知れなかった。僕は突然ゲエゲエ言いながら飛びはね始めているのだ。悪魔か何かがとりついたと考えてもおかしくない。

だが、そんなことにかまってはいられなかった。死ぬ前に変態王子と決着をつけておかねばならない。

王子も驚いただろう。死体だと思って安心して襲いかかった相手ゲエエが、いきなりむっくり起き上がるのだ。そして、結婚を迫って来るのグゲエエエである。ざまあ見ろだ。

それにしても七人の小人はどこにいるのだろう、と思った。確か白雪姫に飯を作らせたりしてこき使うはずなのだが、ゲエエエ白雪姫は眠っているのだ。僕の記憶がどこかおかしいに違いない。どこだ。どこゲエエグゲエなのだ。死ぬ前に思い出さなければならない。

僕は必死に話を最初から整理し直した。王女が鏡を見る。

「鏡ゲエよ、鏡グゲエエよ、鏡さんグゴオオオ。世界で一番美しいのは誰かしら？」

鏡は答える。

「それはゲエエッゲエ白雪姫です」

王女は許せず、魔女を使って白雪姫を暗殺しようとするゲエのだ。

さすがに死を前にすると、記憶は正確に蘇るものだ。僕は冷静にゲエエエ感心した。とすれば、白雪姫は最初から森に住んでいたのだ。間違いない。七人の小人が白雪ゲエ姫を酷使していたのは、その時期なのである。

それにしても白雪姫の何とゲエエエエ哀れなことだろう。姫の身でありながら、森でこき使われ、毒リンゴを食わされてグゲエエッ眠り込む。そして、しまいには変態王子に犯されるのだ。

ゲエエ。責任問題を暗にほのめかしながら結婚を迫っても無理はない。

しかしゲエエ、と僕は思った。王子はどんなキスをしたのだろう。喉に詰まったリンゴが取れるようなキス。よほどの勢いで吸うか吹くかしないと、取れるものではないだろう。

いや、吹いたわけグゴオゲエはない。なにしろ、毒リンゴだ。吹いてしまったのでは、胃の中に落ちる。白雪姫はゲエエ起きるどころか、本当に死んでしまうではないか。

とすれば、吸ったのだ。ゲエエ。スケベ王子め。喉からリンゴが出るほど人の口を吸うとは、恐ろしい変態だ。しかも、その時王子は相手を死体だと信じて疑わなかったはずなのである。グゲエ。奴は死体の口を思いきり吸った。グオオオオ。

しかし、その変態のおかげで命を救われたとすれば、白雪姫も文句はゲエ言えまい。僕だって、今そんな変態が通りかかれば、土下座さえしてグゲエエ吸ってもらうだろう。

ティパワンがその変態だったら。僕は薄れゆく意識の中でそう思った。吸って欲しい。僕はティパワンが好きなのだ。変態でもかまわない。激しいキスで僕を救ってくれるのなら、一石二鳥だ。頼む、ティパワン。キスしてくれ。

「ぎず、みい」

喉のパパイヤでうまくしゃべれなかった。それでも僕は懇願した。ティパワンを見つめる目から涙がボロボロと流れ出る。

「ぎず、ゲエエびい、でばわん」

ティパワンは後ずさった。僕はゾンビのようにのろのろと彼女に迫る。今、彼女が猛烈に変態的な、喉から物が出るほどのキスをしてくれたら、僕は命を救われ、恋を成就することが出来る。

「でばわん。ゲエエエエ。吸ってでくれえ」

僕は口をとんがらせて彼女に近づいた。ティパワンは大きな椰子の木に背をつけて脅える。

「でばわん。ぎず、びい」

その時だ。背中に衝撃があった。僕は前のめりに倒れ込みそうになりながら、それをこらえた。サーンの足が見えた。蹴られたのだ。しかし、その瞬間、僕の口からポーンとパパイヤが飛び出した。胸の奥まで空気が入り込んだ。

事情を知って、ティパワンとサーンが笑い出した。僕は命を救われたが、恋を失った。ぼんやりとそう思いながら、僕は白雪姫の運の強さをうらやんでいた。彼女は命と恋と王子を一瞬のうちに手に入れたのである。

たとえ、王子が死体愛好者だとしても、それがどれほどのことだというのか。本当に死を迎えた時も、彼女は夫を興奮させることが出来るのだ。

第6話 ⚜ 青い鳥

クリッサナにアイスキャンディーをもらった。古い駄菓子屋を思い出すような棒状のキャンディー。すでに袋はむかれており、暑さで半ば溶けかかっている。

軽く笑って礼をいい、食堂を出て裏手の森に向かった。こんもりと繁《しげ》る椰子《やし》が、きつい日差しをさえぎっている。時折椰子が途絶えると、赤茶けた土の上に太陽がきらめき、目の前が黄色いフィルターをかけたようになる。

アイスキャンディーはみるみるうちに溶けていく。それは手のひらにこぼれ、腕を伝って地に落ちる。甘くねばつく液体が土に点々と跡をつける。

少し歩くと僕のハンモックが見えた。長い間風を受け続けて曲がった二本の椰子に、上手にくくりつけた赤いハンモック。僕はここしばらく、その上で昼寝するのを日課にしているのだ。

アイスキャンディーは早くも最後の一口を残すのみとなっていた。小さな木の板にほんの少しだけ、みかん色の氷がしがみついている。僕は立ち止まって腕を上げ、その氷を落とさないように口の中に入れた。明らかに毒とわかる甘《あま》みが舌にしみこんでいく。

木の板をくわえたまま、ハンモック目指して再び歩き出そうとした。サンダルがつっかかって転びそうになった。体勢を立て直そうとして振り返ると、キャンディーの跡がぽつりぽつりと食堂の方までつながっているのが見えた。赤茶けた土の上につけられた黒い軌跡はうねうねと曲がり、僕のだらけた歩き方をそのまま示している。

甘い液体自体はすぐに乾いてしまうだろうが、じきに蟻《あり》たちが群がり、生きた黒い軌跡を作るに違いない。昼寝が終わっても、それはっきりと道の上に残っているはずだ。もしも、と僕は思った。もしも道に迷っても、その黒くうごめくマークをたどっていけば、僕は無事バンガローにたどり着ける。

もちろん、道に迷うなどということはあり得ないが、その蟻たちが作る目印という考えを、僕は気に入った。道に迷わないための方法としてアイスキャンディーを使い、蟻の習性を利用するのは洒落《しゃれ》ている。まるで童話のようじゃないか。

童話……。確かそんな童話があったな。僕は眉根《まゆね》を寄せた。確かにあった。道に迷わない方法として奇抜なアイデアを披露し、しかも蟻ではないが何か生き物が関係する話だ。子供の頃、いたく感心した覚えがある。そうか、そんな手があったのか、と思わず感嘆の声さえもらしたはずだ。

すでにハンモックの前まで来ていたが、僕はそれに乗ろうとせず、ひたすら考え続けた。確か主人公は二人だった。二人が森に入り込むのだ。そして、その際に奇抜きわまりないアイデアを……。思い出せない。

いや、待てよ。僕はつぶやいた。二人はアイスキャンディーをたらしながら歩き、そこに蟻をたからせるのではなかったろうか。

そうだ！　それはまさに奇抜な発想だ！　そう思い、手を打ちかけて気づいた。それは今さっき自分が思いついたことだった。そもそも古い童話にアイスキャンディーが出て来るわけがない。ふむ。僕は腕組みをして記憶の奥底を探った。二人は何をぽたぽたとたらしたのだろうか。そして、そこに関係する蟻ではない蟻状の生き物とは……。いかん、と頭を振った。そんな問いからは、アイスキャンディーと蟻という答え以外出て来ないのだ。

発想を変えなければならない。まず二人組の名前だ、と思った。記憶の中に、奇抜な名前だったような感触があった。奇抜なアイデアで窮地を脱するにふさわしい奇抜な名前。

ゴルムクとサニガタ、違う。奇抜過ぎて童話には向かない。グレン・ブルームとイアン・ミラー……では童話にならないだろうし、第一かわいさがない。そう、かわいくて奇抜な名前だったはずなのだ。

メリメリとツルツル。何事か近い気がした。ならばチリチリと……と思った瞬間だ。思い出したのである。そうだ。チルチルと……チルチルとグレーテルだ！

うれしさのあまり僕はハンモックの上に飛び乗った。ハンモックはぐるぐるとよじれ、僕の体を回転させた。それでも僕は叫んだ。

「チルチルとグレーテル！」

はっと気づくと僕はハンモックの中に閉じ込められ、さなぎのような状態になっていた。動けない。しかし、それが何ほどのことか、と思った。さなぎのままで僕は童話を思い出す作業に徹した。

チルチルとグレーテルは青い鳥を探しに森へ向かうのだった。そうだ。青い鳥。幸せの青い鳥である。そして、その旅で道に迷わないように何か奇抜な、そうパンだ。パンをちぎっては捨て、ちぎっては捨て、歩いていくのだ。すごい。奇抜だぞ、チルチルとグレーテル！　大切な食料を惜しげもなく捨てるとは全く豪気な二人組だ。それでこそ真の男というものじゃないか。ちぎれ！　捨てろ！

それにしても何という早さで記憶が蘇るのだろう。僕は喜びに震えた。ハンモックも揺れる。完全に網に締め上げられてはいるが、僕はちっとも苦しくなかった。

二人は森の中を進み、お菓子の城を見つける。豪気な青年二人には不釣合いだが、そこは童話だ。二人は中にいる魔女をかまどにぶん投げ、無事に悪を倒すのだ。強い。実に強い。屈強な二人組、チルチルとグレーテル。

さて、と僕は考え込んだ。そこからが問題だった。そうやって悪を倒したのはいいが、パンをたどって帰るのではあまりに単調なのだ。このままでは二人がただの乱暴者になってしまう。そんなはずはなかった。そんな鬼退治のような話ではなかったのだ。

煙草を一服しながら考えたかったが、身動きが取れなかった。仕方なく、くわえた木の板をしゃぶりながら、僕はきをつけの姿勢で記憶の海に潜《もぐ》った。

パンが鍵を握っていることは確かだ、と思った。しかも、何か弱ってしまうようなことが起きるはずだ。とすれば、と僕は推測した。点々と残るパンの軌跡をどうにかされ、二人は困難な状況に陥《おちい》るのだ。そうだ。確かにそうだった。いいぞ、もう少しだ。僕はさらに強く木の板をしゃぶった。

パンの軌跡をどうにかして二人の青年を困らせるとすると、方法は一つしかない。なくしてしまうのだ。しかし、誰が。

蟻！と思ったがすぐにその考えを捨てた。蟻ごときでは食いきれまい。ならば誰だろう。パンを食ってしまう生き物とは。

しばらく考えていると犯人の面影が浮かんだが、僕はあわててそれを否定した。まさか、そんなことがあり得ていいはずがなかった。相手は幸せを象徴する動物なのだ。しかも、チルチルとグレーテルは当のそいつを探して苦難の旅をしているのである。

僕は別の可能性を考え続けた。この際、狸《たぬき》でも象でもいいと思った。しかし、落ちているのはパンだった。パンを大喜びでついばむ動物はあれ以外にいなかった。しかし、そんな馬鹿な……。

何しろあれは幸せの動物なのだし、二人は純粋な気持ちで当人を求めているのだ。その当人がチルチルとグレーテルの退路を断つわけがない。しかも、ただパンが好きだというような本能的な理由で、一つ残らずついばんでしまうのだ。そんな極悪非道があるものだろうか。

だが、あれら羽があり、くちばしがある連中がパン好きであることは、もう抗《あらが》いようのない事実だった。目の前にパンがあれば、あれはおそらくついばんでしまうに違いない。しかし、しかしだ。それでは純真な二人組の立場がないではないか。むごい。むご過ぎる。

僕はもう否定しようのない結論を、二人のために出さずにいた。ひどい童話だ、と思った。思い出すんじゃなかった。僕はハンモックにがんじがらめにされたまま、じっとしたままでいた。

目の前に木の板が落ちていた。いつの間にか、口を開いていたのだろう。

サッと風が吹いた。鳥だった。鳥は木の板に近づき、首を傾けた。やめろ、と叫びたかったが声が出なかった。鳥はついばんだ。パンでさえなくても、我々はついばむのだ、と主張しているような気がした。

第7話
ピノキオ

　東京を離れてから、もう半年近くになる。初めのうちは時折焦燥感《しょうそうかん》に襲われた。自分が知らぬ間に、日本で何かとんでもないことが起こっているのではないか、という恐れがいつも心のどこかにつきまとった。だが、この島ではそのとんでもない何かを知ることが出来ないのだ。

　ほんのたまに現地の新聞を覗《のぞ》き見る機会があるが、僕には内容がわからない。解像度の悪い写真も、この国で起きたらしい殺人や、なぜか嬉しそうに微笑む農民の姿を伝えるばかりだ。だから、僕は日本のことばかりではなく、世界そのものから見放されたままであるような焦りを感じざるを得なかった。

　世界から隔離されている。つまり、ここより外のことについて自分は無知である。そのことがしばしば僕の心臓を圧迫したものだ。しかし、どうだろう。今や僕はそのことを楽しんでいる。たとえどこで何が起ころうと、僕自身が生きており、その生きている事実をかみしめることが出来るのなら、それでいいのだ。

今日はバンガローの主人であるチョウさんに誘われて、夕方の漁に出た。漁といっても小船から釣糸をたれるだけだ。針の先にイカの卵をつけ、手元には釣糸をぐるぐる巻きにした発泡スチロールを持つ。浮きも間に合わせのゴム。実にプリミティブである。

一匹か二匹釣れればいい。チョウさんはそう言って船のエンジンを切った。つまり僕が夕食で食べる分だけという意味だ。早速、釣糸をたらす。終わりかけた夕日のおだやかな光が、波の小さなウロコを金色に照らしている。そのウロコの間をぬって、白い糸は海底へと飲み込まれていく。

しばらく何の反応もなかったが、僕は一向に気にしなかった。無理に魚を釣ることもない。無口なチョウさんと船にゆられている時間を、僕は楽しんでいるのだ。金色のウロコはチャプンチャプンという音と共に溶け、また新たなウロコとなって海面を漂う。それ以外に音はない。静かだ。

浮きを見つめているのか、溶けるウロコを見つめているのかが次第にわからなくなってくる。沈む夕日の方を見やる。薄黄色に燃え落ちた太陽のかけらからこちらに向かって、金のウロコが放射状に広がっている。その風景は、大海原に背を現した巨大な鯉《こい》を思わせる。自分がその鯉の腹の中に糸をたらしているような錯覚がした。

船が少し沈んだ。その途端だ。もっと奇妙な錯覚が僕を飲み込んだ。巨大な錦鯉の腹の中に、自分が閉じこもっている気がするのだ。静かな静かな腹の中で、僕は小船に乗り、そこから釣糸をたれている。そう思うと、不思議な安心感が皮膚を覆った。すぐに、子宮だと気づいた。永遠の平和を感じさせる場所、子宮。そこに閉じこもって、僕はのんびりと釣りをしているのだ。温かく柔らかい風が身を包んだ。泣きたいほど幸せだ、と感じた。

ふと、ある映像を思い出した。同じように巨大な魚の腹の中にいる少年の映像だ。まつ毛が長く、チロリアン・ハットのようなものをかぶっている。誰だろう。僕は目をつぶって、その映像をさらに吟味しようとした。

鼻が変だった。どう変かと言われると答えに困るのだが、とにかく尋常ではない。気味が悪いほど長いし、そもそも鼻の穴らしきものが見当たらないのだ。せっかくの幸福感に水をさすような風体である。おそらく子供の頃の友人か何かだと思われた。嫌なやつのことを思い出してしまった、と僕は舌打ちをした。早く彼のイメージを追い払おう。

しかし、そんなイメージに限って頭から離れないものだ。奇妙な鼻の友人は、さらに存在感を増していくばかりなのである。それならば、いっそはっきりと彼のことを思い出してやろう、と思った。思い出し切った時に自然に脳裏を去るに違いない。

幼稚園の友人からチェックを始めた。鼻おばけとあだ名された木田《きだ》君が怪しかった。僕はなるべく正確に木田君の顔を思い浮かべた。木田君は確かに鼻の大きな子供だった。だが、長くはなかった。大体、チロリアン・ハットなどかぶってはいなかったはずだった。

ならば小学校だ、と思った。しかし、やはり奇妙な鼻の友人はいなかった。おかしい。必ず記憶のどこかに、このピノキオのような友人が……。そう考えて、僕はすぐに吹き出した。何のことはない。ピノキオなのだ。友人でも何でもなく、その奇妙な鼻の少年は童話の主人公だったのである。

そうか、ピノキオか。懐かしい。僕はつぶやいた。楽しい話だったなあ。そうつぶやいたのはよかったが、どう楽しい話かが全く思い出せなかった。ひょっとすると悲しい話だったかも知れないと考え直したが、悲しい話の主人公が、陽気なチロリアン・ハットをかぶっているはずがなかった。

そもそも、何でピノキオが鯉の腹の中にいるのかがわからなかった。まさか僕同様釣りをしているのではないだろう。とすれば冒険の途中に違いない。ああいったやつは大抵冒険をしやがる。おそらく波瀾万丈《はらんばんじょう》の活躍の過程で、ピノキオは鯉に飲み込まれたのだ。こっちはのんびりやろうというのに、何故《なぜ》そうやって一人で意気がるんだ。僕はむかむかした気分に襲われて、思わず海に唾《つば》を吐いた。

ピノキオは悲嘆に暮れ、どうやって腹から脱出しようかと思案を続けるのだろうが、何故脱出しなければならないのか。外になど出る必要もない。温かく柔らかい腹の中で一生を暮らせばいいのだ。だから鼻の長いやつは困る。僕は関係のない容姿の問題まで持ち出して、ピノキオを非難した。

その時、突然ピノキオの苦しみに気づいた。彼には鼻の穴がないのだ。いや、あるにはあるのだろうが、殆《ほとん》どないに等しいはずなのである。それでは酸素が吸入しにくかろう。そのピノキオが鯉の腹にいるとしたら、息苦しさは尋常ではないに決まっている。それでやつは脱出を図っているのだ。事は冒険の域を超えて、もはや死活問題だ。

僕は自分がレスキュー隊員であるような気になって、一刻も早くピノキオを鯉の外に出してやるべく、童話の筋を思い出そうとした。口からも尻からも出ないはずだった。背中のあたりから飛び出したような気が一瞬したが、鯨《くじら》の中に閉じ込められたわけではない以上、それは無理だった。

ふむと腕組みをしながら、右手の二本の指で鼻の穴をふさいでみた。確かに息苦しい。左手に持った釣糸の先で何かがビクビク動くような感触があった。魚だとは思えなかった。ピノキオがのたうち回っているのだ。そうに違いない。そう思うと焦りが増した。頑張れ、ピノキオ。耐えてくれ。今思い出す。思い出せば、すぐに君は助かるのだ。僕に任せろ。僕は童話を思い出す天才だ。

自分も鼻の穴をふさいで苦しみを分かち合いながら、僕は考えた。鯉から脱出する方法は何だったのか。しかし、全く思い出せなかった。ビクビク動く感触はみるみる弱まっていく。死ぬな、ピノキオ。もう少しだ。必ず思い出す。

十五分ほど経った。やはり思い出せなかった。糸の先にいる者は半ば死にかけていると思われた。どうしたものか、とつぶやいてはみたが実のところどうでもよかった。いや、むしろ一刻も早く息絶えてもらいたかった。そのために脱出方法を思い出さなかったと言ってもよかった。本当のことを言えば、ピノキオの鼻の穴をドリルか何かで広げるという、目の覚めるような名案も浮かんではいたのだが、僕はわざとそれを無意識の底へ押し込んでおいたくらいだった。

僕はこの安らぎの子宮に、他の存在があることを許せなかったのだ。それが想像の中の出来事であるとはいえ、子宮は僕だけのものなのだ。ピノキオなどに共存されては困る。

左手の先のビクビクがすっかりおさまってから、僕はゆっくりと糸をたぐったのである。

第8話 ⚜ 親指姫

昼間サーンがやって来て、夕方までビーチにでもいてくれないかと言った。バンガローを少し手直ししたいのだそうだ。

別に異議があったわけではないが、どこを直したいのか聞いてみた。なにしろ椰子《やし》で葺《ふ》いただけの高床式《たかゆかしき》バンガローだし、そもそもそこにもう半年以上住んでいる僕に不満はないのだ。どこか壊れているとしても、僕は逆にそれを楽しむだろう。サーンのサービスが無駄になる可能性がある。

すると、サーンは生真面目《きまじめ》に片方の眉を上げてみせながら、ドアがいかれていると答えた。そんなはずはないと思うけどな。そう言って、僕は部屋の中からドアを開け閉めした。何の不自由もない。一応、と思って蝶つがいのあたりに指をはわせ、そのままドアを揺らした途端だ。ガタンという音とともにドアが外れかかり、左手の親指に激痛が走った。上の蝶つがいが外れ、倒れかかったドアの隙間《すきま》に指を挟んでしまったのだ。

痛い、と叫んで抜こうとするが、うまくいかない。あわてたサーンがポーチに飛び乗って、外側からドアを揺らした。挟まった指が、さらに強い力で押し潰《つぶ》される。余計なことをする奴だ。待て、待てと僕は日本語でわめき、サーンの暴挙をおしとどめると、痛みを我慢しながらゆっくりドアの位置を変えていった。だが、外れたドアの端が床板の間にピッタリとはまってしまっている。あと一歩という所だが、指は抜けない。サーンが何か言った。顔に挑戦者精神をみなぎらせている。思いきり首を振った。挑戦は勝手だが、これ以上指を痛めつけられるのはごめんだ。親指の芯が熱かった。真っ赤に燃えた針金が突き通っているようだ。心臓の鼓動がストレートに伝わる。どくん、どくん。その度、激痛が蘇る。

このまま死にたくはない、と思った。バンガローのドアに指をつながれたまま、日に日にやせ細り、即身成仏《そくしんじょうぶつ》するなど言語道断だ。何か悟るならともかく、今言えるのは痛いという言葉だけだ。もちろん、ミイラになる直前までには心も落ち着くだろうが、それにしたって最後の言葉は〝後生《こうせい》の人に伝えてくれ。ドアに挟まれないように気をつけよう〟くらいのものである。そんな警告なら電車やバスの中に腐るほど書かれている。死を賭《と》してまで悟るべき類《たぐい》のものではない。

そんな妄想で気を紛《まぎ》らわせているうちに、サーンがのこぎりを持って来ていた。ニヤニヤした目の奥に挑戦者精神がみなぎっている。思わず、やめろ！と絶叫した。親指を切られる、と思ったのだ。それを察してサーンはゆっくりと頭を振り、床板にはまったドアの角を切る格好をしてみせた。ああ、ああと僕は情けない声を出して、その挑戦を受け入れることにした。

親指はすでに真っ白だった。血の気のなさは温度でもわかった。ひどく冷たい感じがするのだ。のこぎりの震《ふる》えがドアに伝わり、そのまま指に痛みを伝える。歯をくいしばって我慢しながら、僕は自分の親指に呼びかけた。おお、とらわれの親指よ。親指はじんじんと鼓動して、僕の呼びかけに答える。おお、とらわれの親指よ。じんじん。もうすぐ元いた場所に戻れるよ。じんじん。次第に愛おしくなってくる。

まるで親指姫だ、と思った。チューリップから生まれた親指姫。すぐに蛙《かえる》を思い出した。学芸会で妹が演じたからだ。といっても舞台を見たわけではない。母が縫った緑色の衣装を鮮明に記憶しているだけだ。大人になってから妹にこう言ったことがある。似合ってたな。妹は激怒した。全く理由がわからなかったので、当時のガールフレンドに話すと、あなたのその鈍感さが許せないと言われた。それ以来、妹には縁を切ったと宣言された。ガールフレンドとは絶交された。だから女は理解出来ない。あんなに似合っていたのに。

じんじん、と親指姫が自身の存在を知らせた。そうだった。今は君のことを思い出すべきだった。かわいそうなことに、親指姫はさらわれるのだ。しかし、誰にだったろう。いきなり難問にぶち当たった。冷静に、冷静に。僕は低くつぶやいた。さらわれた現場に蓮《はす》の葉が漂っている気がした。確かそうだ。親指姫は蓮の葉に乗っていた。そこをさらわれたのだ。間違いない。そのまま旅に出てしまっては一寸法師だ。

とすると、さらったのは水生動物だろう。水の中から現れて、ガイシャを引きずり込めば証拠が残らない。僕は探偵のような気分で、親指姫誘拐事件を追っていった。姫のそばにいる水生動物……。蛙だった。蛙しかいない。

「そうか！」

僕は大声でそう言い、手を打とうとしたが、片手はドアに挟まれたままだった。思わず動かした指が痛かった。しかし、それどころではなかった。親指姫誘拐の謎を解くうちに、僕は二人の女性を傷つけた理由をも悟ったのだ。妹は悪の権化を演じざるを得なかったのである。クラスでその身の毛もよだつ誘拐犯の役を割りふられたわけだ。何と哀れな奴だろうか。おそらく、観客席の子供たちからこんな声を浴びせられたに違いない。

「鬼だ！　人殺し！　ヌルヌル女！」

ああ、と僕は深いため息をついた。蛙の役を強要された妹の心中はいかばかりであったろうか。それを思いやることのない僕が許せなくて、ガールフレンドは去った。至極もっともな話だ。すまなかった。僕は心の底から二人に謝った。

童話を把握し損なうと、人間をひどく傷つける場合がある。そのことを僕は肝に銘じ、一生涯忘れまいと思った。しかし、そうやって反省する僕の頭の隅に小さな疑問もあった。あの時、嬉々として蛙の衣装を縫《ぬ》っていた母は何者なのか。自分の娘が極悪非道の蛙を演じようというのに、何故《なぜ》彼女はああも楽しそうにしていられたのだろう。彼女の緑色の蛙の衣装に、さらに不気味な茶色の斑点《はんてん》まで入れたのだ。そして最後に全体をビニールで覆いさえしたのである。

この方がヌルヌルした感じが出ていいわよね、と彼女は言った。ヌルヌル女と罵倒《ばとう》される恐怖に打ちひしがれている妹の前で。やはり女はわからない。永遠の謎だ。

じんじん、と再び親指姫が呼びかけてきた。非道な蛙に連れ去られた後のことを思い出せ、というのだろう。脳裏に絵が浮かんだ。土の中の断面図だった。蛙が二、三匹いる。親指姫も一緒だ。子供の頃見た絵本の記憶だった。不思議なことに親指姫はのんきな顔で笑っている。悪人の手中にいながら、姫は楽しそうなのだ。おそらく、と僕は推測した。そうでもしていないと殴られるのだろう。暴力への予感に震えながら、親指姫は笑ってみせているのだ。妹に浴びせかけられる声がはっきりと聴こえた。

「このヌルヌルやくざめ！」

この不幸な身の上の妹……いや親指姫を救う者がいるはずだった。そう考えてすぐ、それが何者であるかわかった。断面図のおかげである。あんな蛙の巣を突破出来るのはモグラしかいないではないか。その結論を裏付けるかのように、サーンが床の下に潜っていた。まさにモグラだ。親指を救う者はモグラに間違いない。

サーンの作業は佳境に入っていた。じき床からドアは外れ、僕の親指も救出される。その後の手当てのことを僕は考えた。骨は折れていないだろうが、痛みはかなりの間続くだろう。救出の後の処理の方が大変だ。そう思うと、親指姫のことがまた気になった。蛙の巣からモグラによって助け出された後、姫はどうなるのだったろう。それが思い出せなかった。

童話のパターンでいけば、と思った。親元に帰るか、王子と結婚するかだ。何にせよ、美しい親指姫は幸福に暮らすはずなのだ。しかし、と急に思い直した。サイズの問題はどうなるのだろう。親指姫というくらいだ。相当に小さい。となると、親も王子もけた外れに小さくないと困る。そんな小ささで王国の維持は可能だろうか。臣下が一人でも反乱を起こせば、王室そのものがひねり潰されるのだ。

そんな憂慮《ゆうりょ》すべき事態にビクビクしているくらいなら、いっそのことモグラと暮らすべきだ。僕はそう思った。姫の身分など命に比べれば何のことはない。

もうすぐだ、と言うサーンの勝ち誇った声を耳にしながら、僕は自分の親指に語りかけた。いいか、親指姫。助け出されたら、すぐにモグラと住むんだ。モグラは君を潰さない。そして、小さくこう言い添えた。だって、ヌルヌルした蛙と結ばれるよりましだろう。

妹の憤怒の表情がはっきりと思い出せた。

第9話

金色のガチョウ

空はいつまでも薄曇りのままだ。太陽を遮断《しゃだん》する雲のヴェールが、日がな一日島全体を覆っている。雨季の始まり。季節の変わり目に体が追いついていかない。

完全に雨季に入ってしまえばまだいいのだ。激しいスコールの繰り返しで島が厚ぼったい湿気に包まれ、椰子《やし》の葉から無限に水滴が落ちる様子を見ているのなら、それはそれで何か原初の地球、生命の発生に立ち会っているような不思議な気分を楽しめる。

だが、今はあまりに中途半端な時期だ。風は霧混じりで少し冷たく、海はどんよりとほの暗く、時折降る雨は大地を洗うこともなく、ただ地表の熱を奪うのみで寂しく消えていく。南の島を愛する者にとって、最も憂鬱《ゆううつ》な季節がやって来たのだ。

間に合わせの小さいトレーナーを着て、バンガローの食堂にある長椅子に寝そべる。飽きれば適当に食事をして、そこからぼんやりと海を眺め、また横になる。この一週間ばかり、そんな生活を送っている。生きていることへの興味は次第に失せ、煙草の量だけが増えていく。憂鬱だ。

今日は自分のバンガローから一歩も出ていない。もう正午を過ぎた頃だが、腹が減らないのだ。食事をする必要がないのなら、食堂に行くこともない。そう考えて、僕はベッドの上に寝ころがり、十何度目かのため息をつく。

外で誰かが呼んだ。仕方なくのっそりと起き上がり、ドアを開ける。デームがいた。バンガローの主人チョウさんの息子で、今年小学校に入学することになっている少年だ。ベランダの下からふっくらとして子供らしい顔だけを覗《のぞ》かせ、こちらを見上げている。大きな目にからかうような表情が浮かんでいるのがわかった。元気が無いじゃないか、と言っているのだろう。

「おはよう、デーム」

そう呼びかけると、デームははにかんで笑い、小さな体をくねらせた。照れているのだが、つぶらな目は僕を見たままだ。そして、か細い声でつぶやく。ハロー。

いつもなら僕はにっこりと微笑む。デームは僕のお気に入りだし、僕はデームのお気に入りなのだ。お互い顔を見合わせただけでも、つい笑顔が湧《わ》き上がってしまうくらい、僕とデームは仲がいい。だが、僕は笑うことが出来なかった。デームはきょとんとして、こちらを見つめる。子供に憂鬱など理解しようがないのだろう。

デームと自分の間に深い溝が出来てしまったような気がして、僕はあわてて何か言おうとした。その時だ。デームが、ベランダの向こうに隠れていた両手を高々と掲げた。バサバサという大きな音がした。ベランダに茶色い鶏が降り立つ。デームがペット扱いしている鶏だった。雲の隙間《すきま》から漏れる柔らかな日差しを浴びて、茶色の鶏は金色に光る。デームが笑う。

可愛らしい悪戯《いたずら》に誘われて、腹の奥から笑いがこみ上がって来た。まるで、何年も笑うことのなかった王女が金色のガチョウを見て笑い声を上げたようだ。デーム、デームと呼びながら、僕はその童話を思い出す……はずだったがいっこうに思い出せない。

デームはなおも笑う。笑うことが我々の唯一のコミュニケーションだ。僕も笑い続ける。続けるのだが、頭では必死に記憶をたどっている。金色のガチョウ。笑わない王女。少年。それがどう結びついて話を構成していたのだったか。

笑いは虚《うつ》ろになる。デームは鋭い勘でそれに気づき、再び心からの笑い声を要求して、こちらを促すように笑う。せっかく埋まった溝が台無しになることを恐れて、僕も大声で笑う。鶏だけが不安気にベランダを飛び回る。

金色のガチョウを見て王女が笑ったことは確かだ、と思った。そうでなければ、今この話を思い出すはずがない。とすると見せたのが少年だ。それで童話の大筋は決まった。少し安心した。だが、王女は何故《なぜ》笑ったのか。それがわからなかった。そもそも何年も、いや生まれてこのかた笑ったことのない女が笑ったのだ。相当のギャグをかまさなければ無理だ。金色のガチョウがそんなに優れたギャグだろうか。しかも少年はそれを見せただけなのである。それだけのネタで爆笑を取るとすると、かなりの芸人ということになる。しかし、なにしろ少年というぐらいだ。さほど修業の時間があったとは考えられない。

裏に誰かいる。それはもうほとんど確信といってよかった。お笑い芸人だ。少年の後ろに世界一のお笑い芸人がいたはずなのだ。そいつが〝金色のガチョウ〟という、もう誰が見ても聞いても腹を抱えて笑うようなネタを少年に仕込んだことに疑いはない。だが何故、その謎のお笑い芸人は自らネタを披露しなかったのだろうか。

深まる疑念が僕の笑いを消しそうになった。すかさずデームが鶏の足をひっつかみ、ブルブルと振ってみせた。鶏はコキーッだかクケーッだかいう悲鳴を上げる。それでもデームは手を緩めない。僕の笑いが継続するようにと、必死の形相で鶏を振り回す。しかも、笑い声を響かせつつだ。僕も笑いを装った声を立てざるを得ない。

ごめんよ、デーム。心の中でそうつぶやいた。僕がこの話を思い出しさえすれば、君をこんなに悲しませなくてすむのに。僕は、一秒でも早く謎のお笑い芸人の問題にけりをつけなくてはならないと自分に言い聞かせ、デームのために腹の底から声を振りしぼった。

しかし、デームはそれが本当の笑いでないことに敏感だった。今度は鶏を上に放り投げ、バンガローのひさしにぶつけ始める。鶏はベランダに落ちて来る。デームはすかさず足をつかみ直し、放り投げる。鶏はいやがおうもなくひさしに体を打ちつける。また落ちる。

それが何度も繰り返されるうち、鶏は白目をむいた。デームは発作を起こしたように笑っている。僕も顔をひきつらせて笑った。

しばらく無理矢理に笑っていると、止まらなくなってきた。実際その様子は悲惨ながらたまらなくおかしいものだった。

これだ、と僕は思った。謎のお笑い芸人はこういう笑いを狙ったのに違いない。笑わせるためにはどんな悲惨なこともいとわず、結局はその悲惨な状況そのもので笑わせようとしたのだ。それが〝金色のガチョウ〟という門外不出の秘伝ネタだったのである。

おそらく謎のお笑い仙人は、いつの間にか芸人から仙人へと格上げされていたが、先祖代々受け継がれた秘中の秘〝金色のガチョウ〟を演じるに忍びなかった。なにしろそれはお笑い仙人の権威を失わせるものだったからだ。確かに、ほとんど素人の一発ギャグと大差ない。だからこそお笑い仙人デーモンは、と一瞬にして名前までついていたが、ネタを少年に教え、自分では何もしなかったのだ。

しかし、権威を守ったデーモンは、それと引き換えに王女と結婚する権利を失ったことになる。心中いかばかりであったろう。現世での権力よりお笑いの歴史における名誉を選んだ仙人は、果して幸せに死を迎えることが出来たのだろうか。

とすれば、この童話の真の主人公は謎のお笑い仙人デーモンだ。少年でも王女でも、いわんや金色のガチョウでもない。〝金色のガチョウ〟という童話は、実は権力か名誉かという深遠なるテーマを隠し持っていたのである。奥の深い話、素晴らしい文学だ。

喉《のど》がかれるほど笑いながら、僕は感動していた。こんなに優れた話を思い出せなかった自分が恥ずかしいほどだった。

気がつくとデームは消えていた。ほうびより名誉を取ったあのデーモンのように、笑いだけを残して姿を隠してしまっていた。お見事なネタだったよ、デーム。そうつぶやいて、ふとベランダの端に目をやると、散々に羽根を打ち枯らした鶏が息も絶えんばかりに横たわっていた。

悲惨さの演出に大きく貢献した鶏は、考えてみれば権力も名誉も獲得していない、と僕は思った。〝金色のガチョウ〟がその惨《むご》たらしさをもテーマにしていたとすれば、さらに奥が深いといわざるを得ない。そのテーマの交錯ぶり、生きる者への冷徹な観察眼はほとんどドストエフスキー並みだ。

文学的な驚嘆に心乱される僕の目の前で、鶏はピクンと震えた。白目から涙らしきものが流れ出しているのがわかった。厚ぼったい憂鬱が再び僕の体を包んだ。

第10話 ⚜ 黒雲と太陽

　夜半、雷雨が空を覆った。激しい雨がバンガローをひっぱたき、低く太い雷鳴が寝台を震わせる。青白い光がドアの隙間《すきま》からひっきりなしに入り込んで来た。雨季はほぼ終わっているのだが、天候はまだ荒れたままなのだ。

　横たわって天井をぼんやり見つめ、粗末なバンガローが風で揺れるのに耐えながら、僕は煙草を一本吸った。普段なら周囲は真っ暗で灰皿の位置もわからないのだが、今夜は天然の蛍光灯《けいこうとう》がある。切れかかり、不規則な点滅を続ける巨大な蛍光灯。

　フィルターぎりぎりまで吸って、貝殻を組み合わせた自作の灰皿に押しつけた。手元でジュッという音がした。燃えさかった炎が一瞬にして消え去り、すべてが灰になる。僕の好きな音だ。

　そう思った時、夜空が光った。煙草のＣＭみたいでついうれしくなり、しぶい感じで顔をしかめて軽くため息をついてみた。空はまた光る。絶妙のタイミングだ。ここで銘柄のナレーションが入らなければ嘘《うそ》だと思い、低い声でつぶやいた。

「わかば……」

大失敗だった。シチュエーションが台無しである。日本で吸っていた銘柄を素直につぶやけばよかったのに、つい気張って何か違う商品名を言おうとしたのが間違いのもとだった。まあそれでも、と僕は自分をなぐさめた。峰《みね》と言ってしまわなかっただけましだろう。

いつの間にか、素早く二本目に火をつけていた。もちろん吸いたいわけではなかった。頭の隅でラッキー・ストライク……とリハーサルしている自分がいた。日本で愛飲していた煙草ではない。つまり見栄《みえ》だ。

ぐっと煙を吸い込む。雷鳴がとどろく……はずだったが、うんともすんともいわない。まことに人生とは一期一会《いちごいちえ》である。格言などつぶやいてショックを和らげ、もう一度挑戦してみる。

思い切り吸う。雷鳴を待つ。が、待てどくらせど鳴らない。こころなしか雨音さえ穏やかになってしまった気がする。しかし、僕はそのまま息を止めて待ち続けた。雷の野郎はいつ来るかわからないのだ。待ちに待った。

死ぬ恐れがあった。かれこれ一分は呼吸をしていない。肺の隅々にまでニコチンが染み込んでいく様子が、手にとるようにわかる。だが、ここで息を吐けば負けだと思った。おそらく雷はほくそえんでいるに違いない。そして、僕が息を吐き終え、吸いにかかったあたりで、これ見よがしにピカリとやるのだ。

ふざけるなよ、とつぶやこうとしてすぐに思いとどまった。つぶやけば煙がちょろりと出てしまう。その間抜けな煙の出具合いを、雷が見逃すはずがない。確実にピカリとやるだろう。それなら息を吐き切って、吸おうとしたときにピカリと来た方がまだいい。

顔は真っ赤に燃え上がっていると思われた。そうでなければ蒼白《そうはく》だろう。しかし、勝負は始まってしまっていた。雷との一騎討ちならば相手にとって不足はなかった。大自然を向こうに回しているのだ。

でも、と思いかけた。もう肺に煙はないかも知れない。とすれば、すべては無駄だ。すでに僕は負けているのだ。いや、と強く首を振った。耳鳴りがした。負けたと考えた時にこそ人間は負けるのである。戦いを捨ててはなるまい。

しかし、とまた弱気になる自分がいた。そもそも僕が狙っていたのは、煙を吐いた後でのピカリであって、ピカリの後の煙ではないのではなかろうか。とすれば、やはりすべては無駄だ。初めから軍配は雷の側に上がっているのである。

この大真理の発見には自分ながら参った。一瞬にして全身が脱力した。頭の芯に閃光《せんこう》が走る。単なる呼吸困難かも知れなかったが、何にせよダメージはダメージだ。

ところが、僕は息を吐かなかった。それでも万に一つ、勝つ契機があるのではないか。そう思ったからである。ここで大自然にひれ伏すのは簡単だ。だが、一度勝負をしかけた以上、やれる所までやろうじゃないか。

「よーし」

と言うふりをして少しだけ息を吐き、すかさずたくさん吸った。姑息《こそく》な手段ではあったが、なにしろ大自然に立ち向かっているのだ。どんな手段も正当化されるべきである。

その時、やはり大自然と戦った男がいたことを思い出した。コートを胸の前でしっかりと押さえ、太陽と黒雲を敵に回している絵がはっきりと目に浮かんだ。同志よ！

空気を吸ったものの、苦しさはすぐにまた襲ってきた。もう一度あの姑息な手段を使おうと思ったが、同志が許さなかった。あの男は太陽と黒雲に過酷な仕打ちを受けながらも、決して屈しなかったはずだ。どう過酷だったかは判然としないが、とにかく厳しい顔でコートの前を押さえ続けたのである。人間万歳！

胸が薄っぺらくなるような感覚があった。おそらく僕の肺はいまや真空状態すれすれなのだろう。だが、負けてなるものか。雷が先か、息を吐くのが先かだ。そんな条件の勝負ではなかったような気もしたが、胸以上に理性が薄っぺらくなっていた。

同志のことを考えよう、と思った。あの童話において称えられたコートの同志のことを。びゅうびゅうと冷たい風が吹きつけたはずだった。当然、黒雲からだ。陰険な表情が印象的なその雲のすぐ近くに太陽がいる。勝ち誇って笑っていたような記憶があった。そう、何度となく目にしたさし絵だ。間違いはない。

とすれば、太陽は太陽で猛烈な光をあびせたのだ。黒雲が風を使って同志の体を切り刻む一方、太陽は熱で同志の体を焼き尽くそうとした。言語道断だ。まるで僕が今戦っている雷のような意地悪さではないか。

しかし、同志は負けなかった。確か黒雲と太陽を相手に賭《か》けをしたからだ。賭けた額はうろ覚えだったが、相当なものだったと推測される。そうでなければ、あの拷問《ごうもん》に耐えられるはずはない。そう思うと、自分の戦いがきわめて実りの少ないものである気がした。なにしろ一銭にもならない。

違う、と思い直した。思い直しながら、違うと喉《のど》の奥でうめいたのだが、耳の内圧が異常に上がっているらしく、自分の声を確かめることが出来ない。違う。同志は金を賭けたのではない。人間の尊厳を賭けたのだった。黒雲にも太陽にも、すなわち凍りつく風にも灼熱《しゃくねつ》の陽光にも屈しはしないことを見せたのである。まるでこの僕のように。

あの名勝負以来、人間の尊厳を賭けた戦いは今日この日までなかったに違いない。僕は勝つ。必ず勝って、雷にこう叫んでやるのだ。ラッキー・ストライク！　何だか最初に狙っていたこととはかなり違って来てしまっている懸念があったが、それはそれ、ことは人間の尊厳に関わる問題だ。

僕はコートの同志に向かって大声を張り上げた。

「必ず勝つ！　人間万歳！」

そして、再び姑息に息を吸い込んだ。

雨はすっかり上がっているように思われた。

第11話

こぶとりじいさん

長いビーチの両端は小さな丘で区切られている。どちらの丘を越えても、その向こうにあるのは、同じように丘で両端を区切られたビーチ。さらにそれを越えてもまた同じだ。丘とビーチが延々と続く。

試したことはないが、その連続した地形をたどり続ければ、異なった風景を見ることのないまま、今自分がいる海岸に戻ってくるのだろう。ここはそんな島だ。まるで永遠が形になっているかのようにさえ思える。

僕のバンガローは北の丘にへばりついている。丘といっても赤茶けた土の盛り上がりのようなものだが、それでも南へと延びるビーチと海いっぱいに広がる夕日を見下ろす時には、岬にいる気分を味わうことが出来る。

食堂でランチをすませてから、僕は丘の頂上で過ごすことにした。食べ残したチキン・サンドを椰子《やし》の葉に包み、生ぬるいミネラルウォーターと一緒にデイパックへ突っ込む。

「ハイキングか」

とクリッサナが言った。冗談でそう言っているのか、本気で訊《き》いているのかわからない。ただ微笑みながら、こちらを見つめている。アルカイック・スマイルというやつだ。こちらを包み込むようでいて、実は拒絶しているようでもある微笑み。すっかり慣れたつもりでいても、その不思議な表情に出会う度《たび》、とまどってしまう。

仕方なくイエスと答える。もちろんハイキングをするつもりなどないのだが、ノーと言えば、じゃあ何をする気なのかと問われるに決まっている。僕には答えようがない。目的もなく、ただ丘の上で時を過ごすだけなのだ。そして、目的もなく今チキン・サンドを椰子の葉でくるみ、水を持ち歩こうとしている。本当にそれだけのことだ。説明など出来ない。

クリッサナは僕の背に向かって言う。

「良い一日を。良いハイキングを」

曖昧《あいまい》に返事をして、食堂を出た。大股《おおまた》で丘を登りながら、少し悲しい気分になる。クリッサナに伝えられないことがあるという事実が、僕をやるせない思いの中に溶かし込む。説明出来ないことがあると、僕はいつでもイエスかノーかでごまかしてしまう。微妙な気持ちを切り捨てて、二つの答えから一つを選び、口にする。その度、こぼれ落ちるものがある。

まばらなバンガローの間を抜け、僕は風の吹く丘のてっぺんを目指して斜面を歩く。大きな岩が露出しているのに出くわす。右に迂回《うかい》する道は少し広いが、岩盤自体が浮き出していて滑《すべ》りやすい。左は数本の椰子にさえぎられて狭いものの、土に覆われているため足場は安定している。

さてどちらから回り込もうか、と思った時だ。またイエスかノーかという問題を突きつけられ

た気がした。あらかじめ決まった二つの道から一つを選ばざるを得ないのだ。悔しかった。僕は根拠もなく、

「第三の道はある」

と言ってやった。もちろん大岩に、だ。しかしやつは動揺もせず、ふんぞり返ったままだった。こちらも負けてなるものかと無表情を続けた。かなり長い時間、僕はそうしていた。

突然、いつまでもそうしていてはならないことに気づいた。岩の前にたたずむことが第三の道だ、と思われたらたまらないからだ。僕は敗北主義者ではないのである。しかし、すでに大岩が誤解していたらまずい。あわてて声をあげた。

「それは違う」

言ってから、もし大岩がまだ何も考えていなかったとすると失策だったかも知れない、と思った。なにしろ、唐突に何事かを否定してしまったのだ。馬鹿だと勘違いされる可能性も十分にある。すぐにこう付け足した。もちろん、自信たっぷりという感じでだ。

「そう考えていれば、の話だがな」

僕は一人で窮地《きゅうち》に追い込まれていた。何を言ってるのか、自分でもわからなかった。第三の道はある、それは違う、そう考えていれば、の話だがな。言葉をつなげると、すっかり馬鹿だった。俺は馬鹿じゃない、と叫びそうになる自分を抑えた。叫んでしまったら、完全に馬鹿だと認定されてしまうだろう。

ここはとにかく、あると宣言してしまった第三の道を一刻も早く発見するべきだった。二つから一つを選ぶのではなく、あっと驚くもう一つを見つけ出してやるのだ。

と、その時だった。やはり二つから一つを選ぶよう強要され、窮地に陥《おちい》った男の話があったの

を、僕は思い出した。大きなつづらと小さなつづら。選ばせるのは鬼。そう、こぶとりじいさんである。

あれはとにかく恐《こわ》い話だった。読みながら泣いたものだ。どう恐かったかはこれから思い出すにせよ、印象深い話の一つだ。

じいさんが第三の道の存在を思いつきもしなかったことだけは確かだった。それでどちらかのつづらを選ぶ。しかし、どちらを選ぶにせよ、じいさんには恐ろしい運命が待っていたのだ。もちろん、じいさん自身それを知っていたはずだ。そうでなければ、子供心にあんなに恐かったはずがない。出口なしの状況。しかも、そのまま何も選ばないことは許されていない。まるで、今の自分だ。

しかし、じいさんは何故《なぜ》そんな厳しい状況に自らを陥《おとしい》れたのだったか。眉を寄せて考えたが、まるで思い出せなかった。まさか進んでつづらへと向かったわけはない。なにしろ、つづらは昔から、大きいつづらと小さいつづらがワンセットになって置かれている、と相場が決まっているのだ。そして、その前に立てば、どちらかを選ぶことになる。じいさんともあろうものが、そんな定石に無知だったとはとても考えられない。

いや、待てよと僕はつぶやいた。新たな疑問が湧《わ》いたからだ。すぐに、これは独《ひと》り言《ごと》だからなと大岩に釘《くぎ》を刺した。一連の言動とつなげて受け取られては困るからである。釘を刺した僕は、再びじいさんのことを考えた。

そもそも、こぶとりじいさんとは何者なのか。僕の新たな疑問はきわめて根源的なものだった。こぶとりじいさん。まず間違いなく、こぶを取るのだろうが、そんな物を取るとは相当のじいさんに違いなかろう。油断は禁物だ、と思った。何の何に対する油断かは自分でも不明だったが、ともかく僕はそれを禁じた。激しい緊張感で体がしびれた。

おそらく、じいさんはこぶを取りにいったのだ。僕はそう推測し、にんまりと笑った。敵ながらあっぱれ、という気持ちがしたからだった。いつからじいさんが敵だったかは謎だが、油断は禁物だ。

じいさんはつづら覚悟で出かけた。もはや、そうとしか考えられなかった。こぶを取るためにはあらゆる危険をいとわない。それがじいさんのポリシーだったのだろう。なにしろ、こぶなどという物がそう簡単に手に入るわけがないのだ。

しかし、じいさんは鬼たちに捕らえられた。そして、つづらの刑に処されたのである。それでも、じいさんは叫んだだろう。

〝つづらは開ける。だが、頼む。その前にこぶを取らせてくれ。こぶを取るのがわしの生きがいなんじゃ！〟

とてつもない執念である。だが、その執念があればこそ、じいさんは我々を感動させ、つづらの刑の恐ろしさをひしひしと感じさせたのに違いない。そうだ。確かにそういう話だった。

すべてを思い出し終えた僕は、大岩の前に立ったまま、じいさんの霊に敬意を表した。つづらを選ぶことになろうとも、じいさんはこぶ取りに賭けた。こぶは取れなかったにしても、彼の名は永遠に語りつがれるだろう。少なくとも、僕は忘れない。尖《とが》った石を拾い上げて、僕は大岩にこう刻んだ。

〝こぶとりじいさん〟

迷わず右の道を選んだ。丘の頂上へいくためには、たとえ大岩に嘲《あざけ》り笑われようともかまいはしない。どちらかを歩まざるを得ないのだ。

「これが第三の道だ」

僕は大岩にそう言ってやった。何がこぼれ落ち、どんな目にあおうとも、僕は自分が選んだ道をいくのだ。まるでこぶとりじいさんのように。

つるつるした岩の表面に足を滑らせ、僕は転んだ。だが、弱音を吐くつもりはなかった。こすった肘《ひじ》から血が出ていた。それがむしろ誇らしかった。何度も何度も転んだ。左にすればよかったとも一瞬だけ思った。

第12話 ブレーメンの音楽隊

夢を見ていた。自分が古いアニメにでも出てきそうなロボットになっており、女のものと思われる柔らかく温かな指で、赤錆《あかさ》びた胸を開けられている夢だ。観音開きの棚に似た胸の中には心臓も機械もない。

そのからっぽの棚の隅々にまで、馬鹿らしいほど明るく太陽の光が当たっていた。誰のおかげかわからないが、生真面目なほどよく掃除されていることがわかる。塵《ちり》ひとつ落ちていない。

自分の体であるにもかかわらず、僕は正面から中を覗《のぞ》き込んで、しきりに感心した。全く本当に、これは美しいまでにからっぽだ。名人か何かが作った壺を誉《ほ》めるようにして、僕は腕を組み、何度も嘆息する。実によく出来たからっぽですなあ。

いつの間にか、隣りに老人が立っていた。棚を作ったのはこの人だろうと思って、ふと見ると手にトンカチを持っている。やはりそうだ。声をかけた。ここには何を置くんですか？　老人は答えた。何も。何も置かんよ。

僕は妙に納得して、なるほど名人は違うなどとつぶやいた。すると、老人は言った。東京でも南の島でもからっぽはからっぽということです。言い終えると、老人は目を細めて棚の奥を見た。どういう意味だろうかといぶかしみながら、僕もまばゆい光に照らされる自分の胸の中を覗いた。

その時、目がさめた。バンガローのドアが開いており、懐中電灯がこちらをうかがっている。あわてて飛び起きると、クリッサナとティパワンの笑い声がした。光の向こうにサーンらしき影もある。ティパワンが現地の言葉で何か言い、サーンが答えた。クリッサナが英語で僕に話しかける。

「フルムーン・パーティーに行かない？」

まだ夢を見ているのかも知れないと思った。右手で目のあたりをもんで頭を振ると、真夜中の侵入者たちは再び大きな声で笑った。

それが夢か現実かわからないまま、僕はサンダルをはいて表に出た。確かに空の向こうにくっきりと満月が見える。冷蔵庫から出したばかりのシャーベットのように、ひんやりとした満月だ。侵入者たちは僕に背を向けて静かに海の方に降りていく。気がつくと、懐中電灯のスイッチは切られている。月が明るいからだろう。さっきは僕を起こすために使ったのだ。

それにしても、フルムーン・パーティーとは何だろう。一体どこに行くつもりなのか。三人の後をふらふらと追いながら、僕は小さな声で誰にともなく質問した。

「どこに行くの？」

すると、クリッサナがたどたどしい英語で答えた。

「からっぽの家があるの。そこでギターを弾いたり、太鼓を叩いたりして歌うのよ」

からっぽ……。やはり僕はまだ夢の続きを見ているのだろうか。

「だけど、もう子供たちが占領しているかも知れない。月を見るには絶好の場所だから」

クリッサナがそんな意味のことを言うと、サーンが笑った。

「そしたら、追い出すまでさ」

その拍子にサーンが持っていたギターの弦《げん》が震え、さびしいような滑稽《こっけい》なような奇妙な音色を響かせた。

いったんビーチに出てしばらく歩くと、僕らは海を離れて椰子《やし》の生い茂る島の奥に入り込んだ。見たこともない細道を進む。まだやまない非現実感の中で、僕は老人の言葉の意味を考えていた。〝東京でも南の島でもからっぽはからっぽ〟とは何のことだろう。僕はこの島で〝存在のある部分〟を満たされていると感じてきたのだが、ここもからっぽであるというのなら、僕は空虚なままではないか。

「おい、誰かいるぞ」

サーンが緊迫したささやき声で言った。見ると、目の前にある丘の上の一軒家にあかりがともっている。

「追い出そう」

サーンは僕の耳もとに口を近づけてそう言い、やにわにギターをかき鳴らし始めた。クリッサナは小皿のような鐘を打ち、ティパワンは笛を吹いた。丘の上まで十五分はかかりそうだが、彼らはその間でたらめな演奏で先客を脅し続けようというのだ。

意気揚々と行進する楽隊の後について歩きながら、こんな話があったと思った。動物たちが楽器を鳴らして大騒ぎする童話。そう、ブレーメンの音楽隊だ。夢心地であるにもかかわらず、僕は素早くそれがどんな内容の話だったのかを思い出した。からっぽなんてとんでもないと思った。僕の頭にはぎっしりと記憶が詰まっている。老人の前で頭蓋骨《ずがいこつ》を開いてやりたいくらいだ。

僕は得意になって記憶の中を突進した。音楽隊の先頭はロバだった。続くのは犬。あまりにテンポよく思い出せるので、思わずアハハと大きく口を開いてしまう。

ロバ、犬とくれば次はキジで、しんがりは当然猿だ。全員が何か丸い食料を携えているような気がした。桃だろうか。いや、団子状の何かだった。一体それは何だったろう。思い出せない。突進の勢いがそがれた。やはり自分はからっぽなのかも知れないという落胆《らくたん》が、胸を満たしそうになる。

いや、食料なんか取るに足らない情報だ。僕は自らにそう言い聞かせて、再び記憶内部での突進を始めた。確かキジはきらびやかな衣装をつけていた。犬も猿もそうだ。まるで羽振りのよい殿様に仕える家来たちのように。そう、まるで誰かの家来のように、彼らは……。立ち止まらざるを得なかった。キジ、犬、猿の前に謎の若武者が見えたからだった。

そんな話であるはずはなかった。なにしろ、これはブレーメンの音楽隊なのだ。腰に刀を差し、果物らしきものを紋所《もんどころ》にした鉢巻《はちまき》の若武者などが、その存在を許されようはずがない。キジ、犬、猿の前を行くのは断じてロバなのである。その四匹の愉快な動物たちが行進するところにこそ、ブレーメンの音楽隊という童話のすべてがあるのだ。

もしやと思って、ロバの腰に刀を取り付け、耳の下に鉢巻をあてがってみた。だが、どう見ても若武者にはならなかった。そもそも、動物たちの間に主従関係を持ち込むこと自体、納得がいかない。しかし、先頭を歩く者のことを考えると、自然に若武者が現れ、ロバが消えてしまうのだ。

「みんな静かにしてくれ」

そう怒鳴ったのだが、サーンたちは演奏に夢中でまるで気がつかない。こんなやつらにつき合って丘を行進するより、バンガローに戻ってゆっくり考えようと思って後ろを向いた途端だ。動物たちの後に、沢山の子供たちがついて歩いている場面を思い出した。そうか、と僕は叫んだ。前がわからないのなら、それはひとまず置いておき、後ろを思い出せばいいのである。

ブレーメンの音楽隊は魅力的な演奏をするのだった。その音楽を聞いた子供たちは、誰もが思わず踊りながらついていってしまう。そして音楽隊の行く先は、とつい先頭をイメージしそうになって打ち消した。今はあくまでついてくる子供たちを中心に考えるべきなのだ。後退的だと批判されようがかまわない。子供たちの運命を正体不明の若武者に預けるよりはましだ。

もう前を見るわけにいかず、後向きに丘の斜面を登るという難行《なんぎょう》を選びながら、僕は子供たちの顔を思い浮かべた。幸福そうに歌い踊る子供たち。その嬉々《きき》とした姿が僕を微笑ませる。子供たちはひたすら歩き、最後には……。

突然、悪寒がした。子供たちの行手に深い海があるのがわかったからだ。このままでは、かわいい子供たちが溺死《できし》してしまう。溺死しないとしても、海の向こうには鬼の住む島があるのだ。危険だ。一刻も早く、若武者の野望を打ち砕かなければならない。

僕は前に向き直り、先頭でギターをかき鳴らしているサーンに言った。

「だめだ。これ以上進むな。俺が許さないぞ」

サーンはいつの間にか着いていた一軒家のドアを開け、こちらを振り向いていた。

「何で？　からっぽだよ。誰かいると思ってたけど、からっぽだったんだよ」

からっぽという言葉が、僕を混乱した妄想から一気に引っぱがした。東京でも南の島でもからっぽはからっぽ。老人の声が蘇った。

やはり僕はからっぽを出て、からっぽに着いただけなのだろうか。いや、もともと僕自身がからっぽで、どこに行っても、そのからっぽを満たせないのだろうか。こんなに優しい南の島でも。

サーンは僕の思いに気づかず、おどけてギターの弦を叩いた。丘の上に響くその不協和音が、僕一人を世界からずらすような気がした。だが、長く続く残響は決して悲しみを誘うようなものではなく、ただただ軽いおかしみを感じさせるばかりだった。

第13話 アリババと四十七人の盗賊

サーンのバイクを借りて、バンガローの裏手から島の中央部に向かった。次第にデコボコしてくる道を、まるでバイク競技でもするかのように進む。周囲は濃密な椰子林《やし》。ジャングルの冒険者みたいな気分だ。思わず勇壮なテーマ曲が口をついて出る。

家屋の疎《まば》らな集落の脇を通った。上半身裸の子供たちが、かん高い声を上げながら走り寄って来る。凱旋《がいせん》したヒーローを気取って大きく手を振ると、拾い集めた椰子の葉を肩にしょった大人たちまでもが陽気に笑い、手を振り返してきた。勝手に作ったテーマ曲が盛り上がる。

細くなっていく道をものともせず、僕はバイクのエンジンをふかして走り続けた。土の色が黒ずんでくるのに気づく頃には、島のまん中にある小さな山の裾《すそ》にたどり着いていた。幾筋にも分かれた水の流れが、ゆるやかな斜面にまとわりついている。テーマ曲はサビの前の静かな部分を奏でる。この勢いのまま一気に山頂まで登ってしまおうかとも思ったが、Tシャツの背中を濡らす汗が、それを踏みとどまらせた。

僕は馬を操るように前輪を上げ、バイクの頭を道から外した。樹々の間を抜けてしばらく行ったところに滝があるからだ。僕はそこで戦いの合間の憩《いこ》いを楽しもうとしたのだ。もちろん、どんな戦いを戦っているのかは、まだ決めていなかった。ただ、とにかく自分がジャングルのヒーローであることだけは、もはや動かしがたい事実だと思った。なにしろ、いまや僕はテーマ曲を持つ身なのだ。

水を含んで崩れやすくなった斜面に苦労しながら、十分ほど進んだ。最後にはバイクを降りざるを得ないほど険しい行軍だったが、僕はテーマ曲を口ずさむことを止《や》めなかった。おかげで滝の前に出た時には、かなり息が切れていた。敵に出会わないうちに歌で体力を消耗するとは、なかなか余裕のあるヒーローだ、と我ながら感心した。

小さな滝はうっすらと白く煙っていた。バイクを近くの松に寄り添わせて、僕は底の浅い滝壺《たきつぼ》へと足を運んだ。しびれるように冷たい。歩みを止めず、滝の真下まで進む。一瞬息を止めて、頭のてっぺんで水を受けた。軽くはたかれたような感じがあって、その後じんわりと体が冷え始める。死んでもいないのに生き返る心地がした。

あとじさって、水の壁を見つめる。再び中に入る。抜け出す。また入る。繰り返すうち、魔法で壁を開いているような気がしてきた。僕は魔法も使えるヒーローだったのか。うれしくなって右手を上げ、立てた人差指に力を入れながら、それを白い壁に突っ込んだ。ふわりとしたもやをからみつかせた飛沫《ひまつ》が散る。ここで何か呪文《じゅもん》を言わなければ、と思った。

「開け、滝」

だが、滝は何事もなかったかのように水を落としているままだった。呪文を間違えたのに違いなかった。よくあるエピソードだ。僕は動揺をひた隠しにして、もう一度口を開いた。

「開け、水」

これも違った。口調がいけないのかも知れないと考え直し、魔法使いらしいダミ声で言ってみた。

「開け、滝。いや、ええと、水」

効果はない。低く厳《おご》そかな調子で言ってしまった〝いや、ええと〟の部分が妙に耳に残り、赤面した。同時に腹がたってくる。

指は早くも感覚を失っていた。体もだいぶ冷え始めている。早く呪文を思い出さないことには、深刻な事態になりかねない。まさかとは思うが、凍死の可能性もある。滝の中に指を突っ込んだまま、僕はマイナー・コードに変わったテーマ曲をゆっくりと口ずさんだ。とんでもない罠《わな》にかかった絶体絶命のヒーロー。

ここはともかく思いつくかぎりの呪文を言ってみよう、と指に力を入れ直した。入れ直したはずだが、感覚はなかった。悲しいテーマ曲が喉《のど》の奥で鳴った。すぐに頭を振って、勇壮なやつに切り替えた。寒さで声が震え、勇壮なんだか悲壮なんだかわからないメロディになってしまっていた。それでも、僕は呪文を唱えようと大きく息を吸った。

「開け、マムシ!」

突然口をついたこの呪文には自分でも笑った。そんなものを開いてどうしようと言うのだろう。ひとしきり笑った後で、僕は自らの置かれた状況を思い出し、あわてて次々と呪文を唱えた。開け、サンマ。開け、トンマ。開け、飯場《はんば》。開け、賭場《とば》。サンマを開こうが賭場を開こうが、とにかく滝さえ開けばそれでいいのだ。そうしなければ凍死だ。凍死しなくとも、盗賊に殺されてしまう。

盗賊……。何故《なぜ》、今自分は盗賊のことを思い出したのだろう。そういぶかしんだ瞬間、盗賊の人数がわかった。四十七人の大軍だ。全員が頭にはちまきをしており、中の一人など張りつめた表情で太鼓を叩いている。それが降りしきる雪の中、自分を襲おうと迫って来るのである。背筋が凍る思いがしたが、実際凍っているのかも知れなかった。

早く呪文を思い出さなければならない。僕は焦りに焦った。思い出せ。思い出せ。思い出せ。

必死に呪文を思い出そうとするうちに、この島を訪れて以来、沢山の童話を思い出そうとしてきたことを思い出した。実に複雑なことを思い出したものだが、その分忘れていたことにもなる。僕はいつからそんなに忘れっぽい人間になったのだろう。ふむ、と声を出して考えたが、一体いつからそうなったのかが思い出せないことに気づいて、すぐに思考を中断した。自分の記憶のすべてが、目の前を漂う白いもやのように希薄である気がして、空恐ろしくなったのだ。

すぐさま自分にこう言い聞かせた。僕は記憶の希薄な人間じゃない。それが証拠に、いつだって最後には非のうちどころがないほどくっきりと童話を思い出してきたじゃないか。確かに初めは話の筋がぼんやりとしている。それが童話かどうかさえわからないほどだ。だけど、大丈夫。心配は無用だ。誰だって童話なんか正確に覚えていないに決まってるんだから。

途端に安心した。そうだ。僕は決して忘却の男にあらず。むしろ忘却と果敢に戦ってきた勇気ある戦士だ。早速テーマ曲を歌おうと思ったが、すっかり忘れていた。ついさっきまで歌っていたのに。

フンフンと鼻歌っぽく曖昧《あいまい》に始めてみた。すぐにくだらないテレビCMのメロディに変わってしまう。まずいと思った。やり直す。フンフンフン……。やった、これだという旋律《せんりつ》をたどったが、いつの間にか、思い出したくもないアイドルのヒット曲に変わっていた。そのフリフリの衣装を着た女が、右手の人差指でこちらを指しながら、つまり今の自分と寸分違わぬ格好で歌い踊る様子が、はっきりと思い出せた。

嫌悪感で鳥肌がたった。この寒いのによくまだたつものだ。それはともかく、早く思い出さなければと思った。そうしないと、いつまでもアイドル歌手の振り真似をしている男だと勘違いされてしまう。今は誰も見ていないが、じき四十七人の盗賊が到着するのだ。いきりたった彼らにアイドル好きだと思われるのはたまらない屈辱《くつじょく》だ。彼らにしたって許しがたい屈辱だろう。せっかくはちまきまでしめて、僕を討ち取ろうと行軍してきたのに、その相手が滝の前で楽しげに歌い踊っているのである。いかに盗賊とはいえ、あまりのことに号泣するのではなかろうか。ここはひとつ、彼らのためにも思い出さねばなるまい。

フンフンフン、フンフン……。フン、フンフン……。駄目だった。いったん思い出したら最後、どうしてもアイドルのヒット曲になってしまうのだ。まさに絶望的な状況だった。激しい脱力感に襲われた。フンフンフン、フフン……。その絶望的な状況の中でなおも明るいヒット曲を鼻で歌ってしまう自分が、殺したいほど憎かった。

その時、ふと思った。僕はそもそも何故こんな状況に陥《おちい》ったのだっただろうか。何故、どうして、どんな理由で？　全く思い出せなかった。

白いものが目を覆っていた。それが滝から漂って来るもやなのか、頭の中にかかった忘却のかすみなのか、判断がつかなかった。僕は鼻歌でヒット曲をなぞり、冷たい水の中に指を突っ込んで、いずれ背後を襲うだろう四十七人の盗賊に脅えながら立ち尽くしていた。

僕はついに忘却そのものになってしまったのかも知れなかった。

第14話
おむすびころりん

ビーチに出て、海を見ていた。浅瀬は太陽の光を素直に受け入れ、エメラルド・グリーンに輝いている。溶かしたてのゼリーのようにゆらめく水。体を浸せば、ぬるま湯かと思われるほど温かいだろう。

おとなしい波の背に従って、段々に目を遠くに移していく。沖の方は冷たい群青色《ぐんじょう》に染まっている。大きな魚たちがその下に潜《ひそ》んでいる様子が思い浮かんだ。身の引きしまるような冷水の中で、うちわほどもある胸びれをせわしなく動かし、激しい海流を何食わぬ顔でやり過ごしているに違いない。

胸のまん中にぬるりと汗が伝った。気がつくと、耳たぶまで熱くほてっている。砂のついた手の平で頬《ほお》に触れる。そこにも汗がじんわり噴き出しており、砂を吸いつけてしまう。

暑さは耳の感覚をも変えている。鼓膜が濃度の高い空気に押され、すべての音を遠くに追いやってしまう。聞こえるのは波が砕ける音だけだ。いや、それさえどこか別の世界で響いているように感じられる。

東京の暑さは正反対だった。暑ければ暑いほど物事の輪郭がくっきりとし、こちらの身にぐいぐい迫ってくるようなところがあった。騒音はすべて途切れ途切れに現れ、しつこいくらい近くにすり寄ってきた。

運転手の怒りをあたり一面にぶちまけるクラクション。溶ける寸前のレールを押しつぶす電車のきしみ。不平不満を低い振動に変える蟬《せみ》たちの合唱。それぞれにそれぞれのわがままを叫び立てる子供たちの金切り声。

それらの騒音はどれも、何故《なぜ》私の言うことに耳を傾けないのか、と演説していた。それぞれが他の音を無視しておきながら、自分の声だけは聞かせようと必死で騒ぎ続ける。そう。それが東京だ。東京の夏だ。

僕はため息をついた。この島についてから様々なため息があったが、今僕がついたのは落胆《らくたん》のそれだった。なぜなら、僕はもうじきここを離れ、その東京に帰らなければならないからだ。

僕が休暇を取ってから、一年の歳月が過ぎようとしていた。気づきたくないその事実を、今朝クリッサナが口にした。

「もう帰らなければね」

帰る必要などないと思いながらも、僕はうなずいてしまった。クリッサナが帰るように促している以上、僕はそうしなければならないと思ったのだ。

遠い天空から僕を呼ぶ声がした。波音にまぎれて、それは優しく僕の耳に届いた。振り向くと、バンガローの貼りついた小山からクリッサナが駈《か》け降りてくるのが見えた。高く掲《かか》げた右手に小さな紙片を握りしめている。チケットだ。

預けたままの貴重品を、今朝食堂でチェックしたのだが、エアチケットだけが見当たらなかったのだった。僕は不安になるどころか、かえってほっとした。しかし、クリッサナは責任を感じたのだろう。おろおろしながら、金庫置き場を兼ねた厨房《ちゅうぼう》をひっかき回し続けた。それが、ついに見つかってしまったのだ。

椰子《やし》の木陰にいる僕のところまで来ると、クリッサナは荒れた息で肩を揺らし、チケットを持った手を胸に当てて言った。

「見つけたわ。よかった。安心した。これであなたは帰ることが出来る」

僕は複雑な微笑みを口の端に浮かべ、クリッサナと小声でつぶやいた。クリッサナは唇《くちびる》を両側に引っ張るようにしてうなずいた。よく熟《う》れた果実の尻を思わせるピカピカの頬が、健康的に盛り上がりさらによく光る。笑っているようでいて、クリッサナも悲しみを隠しているのかも知れないと思った。

「チケットが！」

クリッサナが叫んだ。チケットが風に吹かれて飛んだのだ。波うち際まで転がっていく。クリッサナがそれを追う。思わず立ち上がり、僕はクリッサナを追った。彼女の器用そうな指が何度もチケットに触れるが、そこにまた風が吹く。くしゃくしゃに丸まった紙は、その風に乗って波うち際を逃げ回る。クリッサナはその度見事なステップで素早く方向を変える。

のろのろとクリッサナの後を追いながら、僕はすってんころりんという言葉を思い出していた。なぜだかはわからなかった。ただ、すってんころりんと思ったのだ。

案の定、クリッサナは波に足を取られて転んだ。予知能力だ。僕は自分の中に潜むサイキックな能力に目覚めたのかも知れない。そう思った途端、鼠《ねずみ》の姿が脳裏をよぎった。穴の奥で何か待ち受けている様子だった。

一瞬の後、また別のイメージが浮き上がった。待ち受けていた物を鼠が手に入れる映像だった。凄《すご》い。僕には未来が見えるのだ。

立ちすくむ僕の方を見て、ずぶ濡れのクリッサナが何か叫んだ。おそらく何もしないことを叱《しか》っているのだろうが、こっちはそれどころではない。

「鼠だ。穴の中の鼠に気をつけろ」

僕はそう言い返した。予言をしておけば、クリッサナも僕の能力に気づくはずだ。そしていずれは僕を崇《あが》め、島中に噂《うわさ》を流すに違いない。とすれば、もう少し予言者らしく威厳ある態度で宣言した方がよかろう。

僕は目をつぶり、両手をゆっくりと太陽にかざして言い直した。

「次は鼠だ。穴の中に隠れた鼠が汝《なんじ》に災厄をもたらすであろう」

「馬鹿」

クリッサナはストレートな調子で、この神聖なる予言を否定し、再び転がるチケットを追い始めた。

僕は傷つきもしなかった。いや、かえって自分の聖なる力を確信したほどだ。そのような迫害は予言者につきものだからである。しかし、この愚かなる少女もすぐに知るであろう。すべては僕が宣告した通りになる。穴の鼠がチケットをせしめ、得意顔でおむすびを頬ばるのだ。

「おむすび?」

僕はあまりのことに息を吞《の》んだ。悪魔のような鼠は、東京行きのエアチケットを入手するだけでなく、こともあろうにこんな南国でおむすびを我が物とするらしい。なんという鼠だろうか。まさに不可能を可能にする男だ。予言者にとって、これほどの強敵はあるまい。

「クリッサナ」

と僕は叫んだ。もうかなり遠くにいた。

「その鼠は、ええと」

おむすびをどう英語に訳すかがわからなかった。握り飯だから、ええと、とりあえずグラブド・ライスとしておこう。それが予言者の風格を損なうことにはなるまい。

「グラブド・ライスも！」

そこまで言って、あわてて両手を上げ直した。このスタイルは今後の予言生活に重要な役割を果たすはずだからだ。何事も最初が肝心である。すぐに続けた。

「奪う気だぞ！」

クリッサナには何も聞こえていないようだった。すでに点同様に小さく見える。おお、愚かなる者、未来の見えない民衆よ。お前たちはいつでもそうやって汗水流して走り回る。私とともに来なさい。そうすれば、二度と無駄な労苦を味わうこともなかろう。

しかし、と突然僕は思った。チケットを手に入れた以上、鼠も黙ってはいないだろう。使うに決まっている。いくら帰りたくないと言っても、僕は鼠ごときに帰る可能性を奪われてしまうのだ。しかも、まさかとは思うが、やつはそのまま僕の家に住みつき、僕の名前で仕事さえ始めるかも知れない。なにしろやつは不可能を可能にする男なのだ。

嫌だ。帰りたい。おむすびならいくらでも食うがいい。だが、チケットだけはこの手から放したくないのだ。

「おおーい！」

僕は声を限りにそう叫んで、猛然と走り出した。クリッサナに聞こえるようにではない。鼠に向かってだ。

「グラブド・ライスは沢山やる。だからチケットは取らないでくれ！」

言いながら、予言者は無力だと思った。未来が見えても、それを動かすことが出来ないのだ。動かそうと偉大な努力をする者こそ、民衆なのかも知れなかった。

「お願い！　チケットだけは取らないで！」

僕は愚かな民衆に成り下がり、汗水を流しながら、クリッサナの背中目指して走り続けた。

「僕を帰らせてくれ！」

必死に走るうち、本当は東京に帰りたかったのだと気づいた。その欲望は沖の冷たい海底に身を横たえる魚のように、いつでも僕の意識の奥でひれを動かしていたのだ。

第15話 ⚜ 浦島太郎

ドアを開け放したバンガローから、海の果て、ゆるやかに湾曲する水平線を透かし見る。それは薄く鋭いナイフの刃のように、空を切り裂いたままじっとしている。

その刃の上の一点に、白い光がまばゆく点滅しているのが見えた。船だろう。ガラスの窓か何かに、太陽が反射しているのだ。

明日乗る船かも知れない、と思った。一年を過ごしたこの島から僕を連れ出す船。

パスポートに目を移す。僕の写真が貼ってある。クリッサナに借りた手鏡の中に映る自分と見比べてみる。まるで別人だ。今の僕は島の住人に負けないほど真っ黒に日に焼け、潮のせいで髪を固く白っぽく光らせている。

随分と年をとってしまった気がした。一年などというのは嘘で、本当はこの南の島で何十年もの月日を過ごしたのではなかろうか。

心臓の奥で小さな虫が動くような感じがした。デジャヴュの感覚だった。僕は以前にも同じ場面を経験している。いつのことだろう。

ぼんやりと立ち上がって、バンガローを出た。浜辺の方へ降りていく。デームとその友達のジェップがいた。棒きれを持って何かをつつき、笑いとも叫びともつかない声で騒いでいる。興奮しているのだ。

近寄って肩越しにのぞき込むと、人間の赤ん坊ほどもある亀が波打ち際に転がっていた。デームは得意そうに僕を見上げ、棒きれで亀の甲らを突いた。亀は陶器のような甲らの中に身を潜《ひそ》めている。ジェップが棒きれをてこのようにして、亀をひっくり返す。無抵抗のままで、亀は波しぶきを浴びる。

「止《や》めようよ」

僕は二人を優しく制した。それでも子供たちは亀をつつく。

「頼むよ。今日は止めてくれ」

伝わるはずのない英語でそう言って、僕は亀を抱きかかえ、ついて来るデームとジェップに何度も頭を振りながら、沖の方へと歩いた。海水が腰のあたりまで来る頃には、子供たちも諦《あきら》めていた。僕は亀をゆっくりと水に放した。

その時、またあの感覚が訪れた。確かに僕はそれを体験していた。子供たちから亀を救い、海に帰してやる行為。そんな牧歌的なことを、一体いつ行っていたのだろう。しばらく過去を検証してみたが、全く思い出せなかった。もう少し粘ってもよかったのだが、そのままでいると満ち潮に呑《の》まれ、死ぬことが予想された。僕は仕方なく海から上がった。

デームとジェップはいなかった。波が足跡を消している。最初から二人はいなかったような気がした。まるでおとぎ話だ。そういえば、と思った。このところずっと童話を思い出していない。一カ月ほど前までなら、何事かあるにつけ、僕は童話を思い出していたのだ。おそらくもう、思い出すべきものはすべて思い出してしまったのだろう。そう思うと、少し寂しかった。

空に夜が染みていくまで、僕はそのままビーチにいた。最後の午後、最後の夕日、最後の星。泣いてもいいと思ったのだが、うまく感傷的になることが出来なかった。時はあっけなく目の前を過ぎていってしまう。感情がコントロール出来ない状態というのは、実はこんな風に静かなものなのだろうな、と僕は冷静に分析さえしていた。

暗い浅瀬のそこここにぼんやりと光るものが現れた。その薄青い蛍光灯《けいこうとう》のような光は、空にかかる月とあいまって、僕を幻の側に追いやる。身が透明で背骨だけがぼうっと光を発する小魚なのだが、僕にはそれが月の表面にちらばった鉱物のように思えてならなかった。海は月。月は海だ。

ビーチの端がオレンジ色に光った。たき火だった。火の周りにクリッサナとティパワン、そしてサーンやチョウさんがいた。みんなでこっちへ来るようにと手を振っていた。

送別会が始まった。朝、チョウさんが釣った魚を次々に焼いていく。生ぬるいビールの味が焼きたての魚の身によくあう。

サーンがまだ火に通す前のイカを額に当てておどけた。ティパワンが笑いながら立ち上がり、自分も口の長い魚を手に取って踊った。すかさずサーンがイカをギターに持ちかえる。真っ赤な魚をマイクに見立てて、クリッサナが歌う。チョウさんが手を打ち、打ちながら踊る。腰に昆布を巻きつけている。

まるで海底で魚たちが宴《うたげ》に興じているようだ。そう思った途端、強烈なデジャヴュで視界が歪《ゆが》んだ。知っている。僕は明らかにこの光景を知っている。激しく鳴る鼓動が息を詰まらせた。落ち着こうとして、海の方を見やる。だが、そこには亀が浮いていた。昼間助けた亀だった。うなりが腹の底からせり上がってきた。存在そのものが、うなりと同時に振動していると思った。

知っている。僕はこのすべてのシーンをあらかじめ知っている！

涙が出た。それはこぼれるとかあふれるとかいうようなものではなく、全身の水分が流れ出るような凄《すさ》まじい涙だった。しばらくの間、自分が何に感動しているのかさえわからなかった。

僕はここに来るべくして来たのだ。だから、すべてを知っているのに違いない。その確信が言葉になると、また涙が湧《わ》き出た。嗚咽《おえつ》が途切れることなく体を突き上げる。

こんなに泣いたのは何年ぶりだろう。大学の頃、友人に裏切られて以来だろうか。それとも、中学の失恋以来か。いや、もっと昔、小さな子供だった時……。思い出せなかった。

だが、もちろんこの島には思い出せとせかす者などいない、と思った。約束や人の名前、自分の過去や誰かの誕生日、スケジュール、電話番号、住所、年齢、カードの暗証コード。東京でそれを忘れていることは犯罪だ。生きてきた道やつちかってきた考え方には筋が通っていなければならず、ましてやその筋を忘れていることなど許されようもない。覚えていないことは生きていないことなのだ。

しかし、この島では違う。ゆっくりと記憶の中に沈み込み、時にはそこで前も後ろもわからないまま眠ってしまってもいい。そして、思い出せる時に思い出し、また忘れてしまえばいいのだ。そう思うと、また別の涙が出た。

生きていることが生きていることだという当り前の事実が、こんなにも優しく感じられる夜はなかった。僕は笑い、食べ、飲み、歌い、踊って時を過ごした。

真夜中、たき火にくべる薪《まき》が残りわずかになった頃、ティパワンが僕に贈り物を渡したいと言った。みんなを代表してのことなのよ、とクリッサナは何度も念を押した。

「目をつぶって」

たどたどしくそう言うティパワンに従って、僕は目を閉じ、両手をそろえて差し出した。手のひらにひんやりと冷たい物が載った。それほど重くない。目を開けていいか、と聞いた。誰も答えない。もう一度ゆっくりと聞いた。

「僕は自分の目を開けていいでしょうか」

沈黙はイエスと答えていた。眠りからさめるようにして、僕はまぶたを持ち上げた。手の上をじっと見る。籐《とう》で編んだ小箱があった。片側に金色の留め金がついている。素朴だけれど美しい気品が漂っていた。思わずため息がもれた。その息が小箱に当たり、さやかな白い煙に変わった。ほこりが積もっていたのだ。

だが、僕にはその風に舞うほこりが、魔法で吹き出した煙だと思われてならなかった。なぜだろう、僕はそうであることをはっきりと知っているのだ。全身にうっすらと鳥肌が立った。

「帰るまで開けちゃだめ」

そうクリッサナが言ったが、言い終える前に僕はうなずいていた。

バンガローに戻った。それから少し眠ったのかどうか、自分でもわからない。鳥たちがか細い声で朝を告げると、僕はまとめてあった荷物をさげて、食堂に向かった。

みんなが待っていた。クリッサナ、ティパワン、サーン、チョウさん、デーム、ジェップ。クリッサナが僕にアルミホイルで包んだ朝食を渡した以外は、みんな黙ったまま動かない。僕は頭を下げ、一人々々と握手をした。

ビーチに乗り上げた小舟に荷物を積んだ。僕が小舟の先端に腰を落ち着けると、誰かの泣き声がした。船頭は非情にも船を海の方に押しやり、すぐにエンジンをかけた。浜辺に立ちつくすクリッサナたちに、何と言っていいのかわからないまま、僕の体は沖へと進んでいく。何か言わなければと思うのだが、言葉が重く腹の底に沈んでしまう。僕はただ手を振った。離れていく友人たちに向かって、僕はただ大きく手を振り、ようやく一言、

「みんなのことは絶対に忘れない」

とだけ叫んだ。涙が次から次へとあふれ出た。忘れない。僕はもう何も忘れない。そうつぶやきながら、十分ほど泣いた。

すっかり小さくなってしまった人影から、ふと水平線の方に視線を移した。バンガローにパスポートを忘れて来たことを、はっきりと思い出したからだった。

あとがき　思い出すこと

南の島が舞台の小説をふたつ集めてみた。

『未刊行小説集』に載せた「犬の光」という掌編を入れれば、少なくともそういうものを三つ書いていることになる。

実際、私は南の島が好きで、昔は一年に一度は行っていた。いや、二年に一度、三年に一度かもしれない。

ともかく、好きな宿泊先のスタイルだけは確実にあって、長い（出来れば白砂の）ビーチが目の前にあること、手頃な大きさのバンガローのポーチがそちらを向いていること、近くに小さなプールがあること、フロントの外に屋台などが並んでいて決して喧騒から隔離されていないこと、ところがバンガロー群に入れば静かであること、出来れば夕陽が水平線の向こうに沈むこと（朝日でも可）、低級でも高級でもないロングステイ向きの宿であることで、長い月日の中で幾つかの自分なりのベストバンガローを探し当てている。

今回のふたつの小説はどちらも南の島で構想されたものだが、他にも数本、バンガローのポーチで思いついた、あるいは書かれた小説はある。例えば、まったく書けなくなってしまった頃の終盤、「あ、同時に複数の節が入り乱れるようにしてブログ掲載してみれば、フィクションを作ることへの嫌悪感が薄まるのではないか！」と確かマレーシアの島でひらめき（何日も小説について考えた末に）、『我々の恋愛（未完）』『すっぽん（未完）』『思いつくままに（未完で、これは自分の父親に手記を書かせたノンフィクション）』を始めたりもしている。

波音と子供と鳥の声しかしないような場所で一日ぼんやりと半裸で過ごし、抽象的なことをじっと考えているのが自分にはとても大切な時間で、仕事全般の方向もまた私は南の島のポーチで考えるのが常である。東京では長いスパンを、数日かけて想像するのが難しい。

ともあれ、まず『波の上の甲虫』は求龍堂から書き下ろしの話をいただき、ビジュアルも同時に進行するような本を作れないかと言われて、即座に南の島に行って自分で写真を撮ってくると答えた記憶がある。当時のマネージャーのタカシという、やはり南島好きの男を連れていき、やつに別のバンガローをあてがってポラロイドを撮らせた。私は私で撮った。プロの見知らぬ写真家が来てしまうと遊び気分にならないから、という発想であった。

すでに同じ島の二ヶ所を使うというおおまかな決めごとはあるにはあったのだろう。しかし、それをどう実現するか、私はまるで考えていなかったと思う。

自分のバンガローで太宰治全集を読んだ。日本の風土の中ではなく、花が咲き乱れ蝶が舞い、太陽がまぶしいビーチで太宰をどう読み得るかが、私のテーマであった。たぶん新しい全集の月報に原稿を依頼されていたからだったろう。自分の書き下ろしにはなんの関係もない……と思ったがこれがとんでもなかった。南島での太宰はひとつのメタ構造ばかりを私に見てとらせた。ああ、この人はポストモダンの可能性があり、その感覚から出てくる小説構造を最終的に自意識で崩壊させてしまうのだなと、同じような図式をメモる私はつくづく感じた。

では、そのメタ構造をより複雑化し、太宰の欲望通りに語り手を消去する小説を書こう、と私は思うに至ったのである。裸足で過ごすポーチで。日焼けなどしながら。特に太宰の「葉桜と魔笛」が、私を刺激した。これを精密なマシンのようにトレースし、内圧によって崩壊しないように結末へと導いたらどうなるのだろうか。

そして『波の上の甲虫』が出来た。

もうひとつ『からっぽ男の休暇』も南の島、確かタイのある小島で思いつき、というか実際に童話をひとつ忘れたのだったと思う。で、そのことから私はぼんやり考えた。童話をテーマにすると、なぜ作家はたいてい〝本当は恐いなんとか童話〟みたいにしてしまうのか、つまりなぜ〝真の意味を読み取る〟ことに終始するのか、と。そのへんを歩いている蟻《あり》とか、椰子《やし》の木陰にいる猫など見ながらである。

で、結論が出たかどうか覚えていないのだが、少なくとも自分はなんの意味も読み取らないという構造に終始したいと考えたのは確かだ。どんどんずれていく童話、まざっていく童話、曖昧化する童話。そういうのを書こう、と。

で、日本に帰ってから、知り合ったばかりの女性誌の編集者に連載をねじ込んだのだと思う。書いている間に気をつけていたのは、うっかり原典を読まないこと、人ともその話をしないことであった。私は下調べなしで毎回童話を思い出そうとし、正しい方向に行きかねない自分がいればそれをおさえた。記憶力に問題のある自分を信じて、よりわけのわからない方へふらふら行った。

付け加えておくが、原本とはあちこち違っている。私はほとんど過去作にこだわらないのだが、これはギャグが多く入っているものなので気になるところを放っておけなかった。で、直した。オチまで変わっている章さえある。まったくもって童話のテーマとは無関係なオチに、私は今もやっぱり力を入れたのである。

二題のどちらにも、私の南島への愛着がこもっている。ああ、行きたい！と思っていただけたら幸いだ。私はもう思っている。

二〇一四年四月一一日

いとうせいこう

解説　南の島の素晴らしい休暇

中島京子

いとうせいこうレトロスペクティブシリーズ第四弾には、『波の上の甲虫』と『からっぽ男の休暇』、二編の南の島小説が収録されている。

そのうち『波の上の甲虫』については、奥泉光氏が文庫解説で「日本語で書かれたメタフィクションを代表する作品」と、佐々木中氏はその論考〈神秘から奇跡へ――小説家いとうせいこうの苦難〉(『踊れわれわれの夜を、そして世界に朝を迎えよ』所収)に「未だにメタフィクションを売り物にするすべての小説を一瞬にして色褪《いろあ》せさせる徹底性を持っている」と書いている。

メタフィクションというのは、作り話であることを読者にきづかせることで虚構にゆらぎをもたらし、小説それ自体を批評する技法を持つ小説のことだが、優れた書き手であり読み手でもある二人の作家がともに絶賛する『波の上の甲虫』の虚構のゆらぎっぷりと批評精神とは、たしかに尋常ではないのである。

『波の上の甲虫』には「僕」が書いているのと「彼」が書いているのとの二種類のテクストがある。その理由は小説家の「彼」が「僕」を一人称とした手紙をフィクションとして執筆中だからだと、わりと初めのほうで明かされる。ここで読者は、ははん、わかった、作中作が出てくるメタフィクションてやつだ、と理解する。ところがしばらく読み進むとこんどは「僕」のほうが、自分は「彼」という三人称で小説を書いていると告白するのだ。しかもその「僕」の小説内の「彼」ときたら、「僕」を語り手としたニセの手紙を執筆しているのだそうだ。さあ、どっちがどっちを書いているのかわからなくなってきた。「彼」も「僕」も、自分は現実で相手が虚構だと主張し合う。そのうち、別々のテクストだったはずの二つは越境してお互いの領域を侵しだす。虚構にのさばられて守勢に立たされた「彼」は起死回生を図ったものか、「彼」は「僕」を語り手とした手紙をフィクションとして執筆中であるのみならず、「彼」という三人称で小説を書いてもいる、と言い出す。でも、その前に「僕」のほうでも先手を打っていて――。

こうしてメタ構造は何重にもなっていく。読者は安定した立ち位置を失い、混乱の中に巻き込まれる。多面鏡の部屋でどこが出口かわからなくなった人みたいに。そういうときは、落ち着いて足元を見れば多面鏡の部屋からは出られるのだけれど、深呼吸して下を見るとそこに足はなく、驚いて顔を上げると何も映さない鏡が延々と奥の奥まで続いている光景を見せられるかのようだ。

『私は波の上の甲虫など見たことがありません』

という最後の一文が届けられるとき、読者を襲うなんとも言えない不安定感は、何も映さない鏡の前に立つ私の目はいったいどこにあるのだ?という恐怖に少し似ている。

南の島の九日間にはいわゆる事件らしい事件は何もない。それなのにとてもスリリングだ。つまりは、小説であるということそのものが、本作の中では大事件なのである。『波の上の甲虫』は全編、小説のことだけしか書いていない純度100%の小説なのだ。

対して『からっぽ男の休暇』のほうは、物語について徹底考察をする掌編群と言えるだろう。徹底、などと書くともうそれだけで、書く方も読む方も眉間に皺《しわ》が寄ってくるけれども、この掌編小説はすっかりリラックスして、それこそ南の島にでもバカンスに行った気持ちで読むべき、ひたすら楽しい連作集だ。

こちらの語り手も「僕」だが、話をややこしくする「彼」は登場しない。「僕」は一年間の休暇をとって南の島へ行く。どうやら都会での生活は「僕」をほとほと疲れさせてしまったようだ。島で過ごし始めると「僕」は「東京で暮らすことによってすっかり空室になっていた」「〝存在のある部分〟に暖かい空気を充塡されていると感じる」。一五編の連作は〝存在のある部分〟に空室を抱えていた男＝空室男＝からっぽ男が、そこを暖かい空気で埋めていく、たいへん幸福な小説なのである。

さて〝存在のある部分〟とは何か。あるいはその空室を埋めるべきものとは。それがどうやら、物語のようなのである。人には物語が必要だ。都会で働きづめに働いていたらしい男は、そこにきづいたのだろう。南の島のバカンス（蛇足ながら書いておくとバカンスは本来空白という意味で、本書に付せられた英語のタイトルは *a VACANT MAN'S VACATION* だ）の多くの時間が、子供のころに読んだり聞かされたりしたあの懐かしい物語、童話を思い出すことに割かれることになる。

しかし困ったことに、「僕」は童話のストーリーの多くを忘れている。中途半端にしか覚えていない。南の島に参考資料はなく、インターネットなんてものもない。それにバカンス男にはあり余る時間があるのだ。そういうわけで、「僕」は童話を一生懸命思い出そうとし、あまつさえ、不確かな記憶のせいで空白だらけの童話の筋を埋めにかかり、思い込みや勘違いに創作さえプラスして、なんだかものすごくへんてこなお話を作り上げる。

機《はた》を織るけなげな鳥は鶴ではなくトサカの生えた鶏になってしまうし、赤頭巾ちゃんと七匹のこやぎと三匹の子豚がごちゃまぜになってしまうし、白雪姫の白馬に乗った王子様は死体マニアにされてしまうし、ヘンゼルとグレーテル、チルチルとミチルのペアは、ばらされて相方を変えられ「チルチルとグレーテル」という新しいコンビになってしまう。

都会ではたいへん勤勉であったに違いない男は、まことに真剣に物語を思い出そうとする。しかしときにその真摯な姿勢は細部への異様なまでの関心に転化して、たとえばピノキオの長い木の鼻に空気孔としての穴がない事実にとりつかれた「僕」は、「ふむと腕組みをしながら、右手の二本の指で鼻の穴をふさいでみ」すらするのである。「僕」が話を思い出さないとピノキオが鯉の（鯨ではない）腹の中で死んでしまうとばかりに「自分も鼻の穴をふさいで苦しみを分かち合いながら、僕は考え」るのだ。「僕」は真剣そのものだ。まあ、その、気が向いたときだけではあるけれども。

このようにして、元のお話はめちゃくちゃに分断され改竄《かいざん》され無体な移植手術を施されるわけだが、あらためて「僕」に正しい童話を語ってもらう必要などまったくない読者にとっては、そこに破天荒な新しいお話が出現することになって、なんだかとっても得した気持ちになるのである。そうなると、「僕」も読者も、必要としているのは物語の雛型《ひながた》のようなものではなく、それを語る行為そのもの、つまり小説だということに思い至る。

もう一つ、『からっぽ男』が扱ってみせるのは、記憶、という主題でもある。これは記憶喪失小説とか記憶障害小説、という言い方が政治的に正しくなければ記憶曖昧小説と名づけてよいような作品だ。松村栄子氏が文庫解説で「元気だった青年期をいま揃って終わらせつつある同級生たちの共感を誘わずにはいない本」と指摘するように、固有名詞がまったく出て来なくなり、昔の体験が読んだものと交じってしまい、人の話と自分の話の区別も曖昧になってくる年齢に達した人間にとっては、他人事ではないリアルさを伴いもする。小説の中で「僕」が「ゆっくりと記憶の中に沈み込み、時にはそこで前も後ろもわからないまま眠ってしまってもいい。そして、思い出せる時に思い出し、また忘れてしまえばいいのだ」という境地に至りつく時には、「僕」といっしょに泣いてしまいそうになる。

だいいち小説を書くというのは人が言う、無から有を生む作業ではないはずだ。それはかつて読んだものと密接につながっている。聞いた話ともつながっている。それらが交じりあい、もはや記憶といってもいいような何かを作ることに似ている。小説の言葉は、それを掘り起こす。柴田元幸氏によるインタビューで知った言葉だが、ポール・オースターの妻でもある小説家のシリ・ハストヴェットは、「小説を書くのは、決して起きなかったことを思い出すようなものだ」と書いているそうだ。

おもしろいことに、『波の上の甲虫』にしろ『からっぽ男』にしろ、読んでいる間中、小説について考えずにはいられなくなる。読者にそうさせてしまう作家自身が、小説が大好きなのに違いない。南の島を舞台にしたバカンス小説であるこの二作は、その舞台設定だけでなく、小説としての純度の高さという共通点を持っている。バカンス男のバカンシーを埋めるのは小説だけ、という共通点だ。

いとうせいこうさんは昨年（二〇一三年）に十六年の沈黙を破って長編『想像ラジオ』を発表し大反響を巻き起こしたのだが、同じ年の秋に発表された『存在しない小説』がまさに、『波の上』や『からっぽ男』を想起させる、小説をめぐる小説だったことは記憶に新しい。世界各地で未知の小説が発見されるが、なぜだかそれらに「作者」はなく、「翻訳者」だけが存在する——。

たくらみに満ちたこの作品集からも、作家いとうせいこうがどんなに小説好きかが伝わってくる。

そしてせいこうさんの小説の、少なくとも私にとっての、最大最高のもう一つの特徴は、とても読みやすい、という点にある。そしてそれは、わかりやすさとは別の性質だ。

これだけ純度の高い、実験性の高い小説が、読みやすいというのはすごいことだ。せいこうさんの小説には高踏的なところがない。平易な語彙と文章で、せいこうさんは迷宮を組み立てる。

「ELLE JAPON」を初出誌に持つ『からっぽ男』のコミカルなエンターテインメント性は言うまでもないが、『波の上』だって、「日本はどんな陽気ですか？　こちらは薄曇りで、時々強い日が差します。／今日の午後、ボラカイ島に到着しました」という脱力した一文でスタートし、しかつめらしい言葉とは無縁のまま話が進む。もちろん、メビウスの輪に入り込んだような、こんぐらかっちゃった感覚には取りつかれるけれど、読者はむしろそれを楽しむことができる。ああ、そういう楽しみ方もあるんだね、と。

何度も書くけれど、収録の二編は南国小説、休暇小説だ。

私たちは小説の中の南の島に遊びに行って、巻き込まれて、振り回されて、たっぷりフィクションと戯れる時間を持てばいいのだ。

約束する。きっと素晴らしい休暇になる。


（作家）

「波の上の甲虫」
1995年4月に求龍堂より単行本として、1998年8月に幻冬舎文庫として刊行
「からっぽ男の休暇」
1991年7月に講談社より単行本として、1994年6月に講談社文庫として刊行

いとうせいこう
1961年東京都生まれ。作家、クリエイター。

早稲田大学法学部卒業後、出版社の編集を経て、音楽や舞台、テレビなどの分野でも活躍。

1988年『ノーライフキング』で作家デビュー。

同作は第2回三島由紀夫賞、第10回野間文芸新人賞の候補作に。

また第二長編となった『ワールズ・エンド・ガーデン』は第4回の三島賞候補作になる。

1999年『ボタニカル・ライフ』で第15回講談社エッセイ賞受賞。

2013年、1997年に刊行された『去勢訓練』以来、
16年ぶりに執筆された小説『想像ラジオ』を刊行。

同作で第35回野間文芸新人賞、第2回静岡書店大賞（小説部門）を受賞。

また2014年本屋大賞の候補作ともなった。

他の著書に『ワールズ・エンド・ガーデン』『解体屋外伝』

『存在しない小説』『鼻に挟み撃ち 他三編』、

『文芸漫談』（奥泉光との共著、後に文庫化にあたり『小説の聖典《バイブル》』と改題）などがある。

いとうせいこうレトロスペクティブ

南《なん》島《とう》小《しょう》説《せつ》二《に》題《だい》

２０１４年６月20日　初版印刷
２０１４年６月30日　初版発行

著者　いとうせいこう

発行者　小野寺優

発行所　株式会社河出書房新社
〒１５１－００５１　東京都渋谷区千駄ヶ谷２－32－２
電話　０３－３４０４－１２０１（営業）　０３－３４０４－８６１１（編集）
http://www.kawade.co.jp/

印刷　株式会社暁印刷

製本　小泉製本株式会社

ISBN 978-4-309-02298-7　Printed in Japan

いとうせいこうレトロスペクティブ
好評既刊

『ワールズ・エンド・ガーデン』

ある日、ムスリム・トーキョーに突如現れた謎の浮浪者。
彼は偉大なる予言者なのか？　それとも壮大なる詐欺師なのか？
未来を幻視した、いとうせいこうの魔術的代表長編。

ISBN978-4-309-02206-2

いとうせいこうレトロスペクティブ

好評既刊

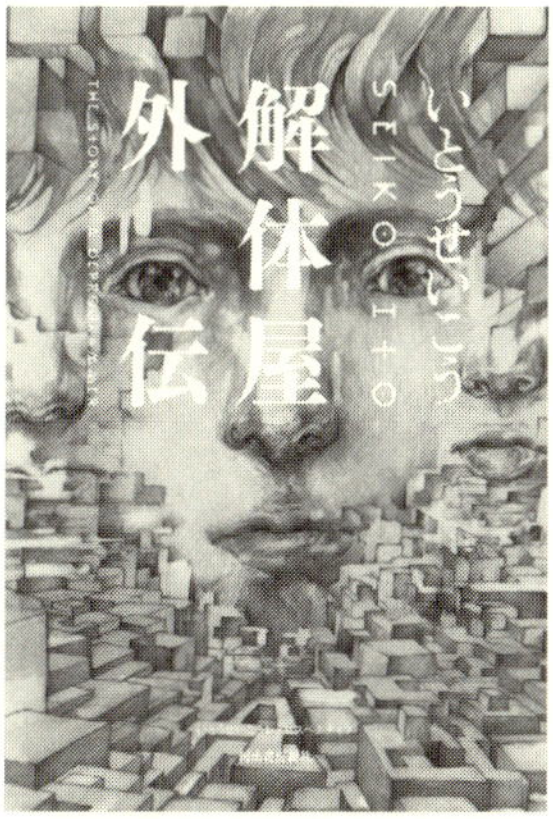

『解体屋外伝』

「暗示の外に出ろ。俺たちには未来がある」――
洗脳のプロ〈洗濯屋《ウォッシャー》〉と洗脳外しのプロ〈解体屋《デプログラマー》〉の闘いが今、始まる。
超弩級の冒険活劇《サイキック・パンク》愉楽小説。

ISBN978-4-309-02219-2